Bleeding Heart

Bleeding Heart

Ophélie Leroux

Ceci est une œuvre de fiction. Les noms, les personnages, les lieux et les faits produits ne sont que le fruit de l'imagination de l'auteure ou utilisés de façon fictive. Toute ressemblance avec des personnes ayant réellement existé, vivantes ou décédées, des établissements commerciaux, des évènements ou des lieux ne serait que le fruit d'une coïncidence.

À la mémoire de mon grand amour. Ce ne sont pas ta voix, tes bras et ton sourire qui me manquent le plus, mais ta présence. De savoir que rien ne pouvait m'arriver, car tu étais à mes côtés.

Le début du changement

Emilia

L'hiver n'a pas encore pointé le bout de son nez, mais il semble prêt aujourd'hui à s'installer définitivement.

Au vu des douces températures des dernières semaines, personne n'était paré à subir une attaque aussi rapide du froid. Je cache les mains dans mon pull en laine et tente de protéger une partie de mon cou en rentrant la tête dans le col, anticipant la froideur de la nuit, mais, malgré la fine neige qui tombe du ciel, l'air glacé ne m'agresse pas. Ni le vent qui s'engouffre dans les arbres. Je ne ressens rien à l'exception d'une solitude inexplicable et une profonde fatigue, comme si toute mon énergie vitale avait été aspirée.

À mes côtés, Will a le visage baissé sur ses poings serrés. La fermeture éclair de sa veste en cuir est grande ouverte, pourtant il ne s'en préoccupe pas. Le monde extérieur ne semble avoir aucune emprise sur lui. Je ne l'ai jamais vu aussi déconnecté.

J'avance ma main dans sa direction pour saisir la sienne et, par ce point d'ancrage, le sortir de sa torpeur. Pour que ses doigts viennent entrelacer les miens et que ce geste comble aussi le manque qui court dans mes veines.

Seulement, il ne m'en laisse pas le temps et s'éloigne rapidement, sans m'attendre, me distançant entre les voitures garées sur le parking.

— Will, crié-je dans le vent, n'obtenant aucune réaction.

Il continue de marcher sans se retourner, m'ignorant royalement. Sans perdre plus de temps, je me lance à sa poursuite, ne comprenant pas l'attitude de mon petit ami. Je n'ai pourtant rien à me reprocher. Enfin, il me semble. Étrangement, mon cerveau fonctionne au ralenti et ma mémoire ressemble à du gruyère. J'ai du mal à me concentrer et à mettre des images sur les évènements de la journée.

— S'il te plaît, attends-moi, le supplié-je, une nouvelle fois.

Cette fois-ci, ma demande atteint son but. Will cesse de me fuir et reste debout, immobile, au milieu des quelques voitures stationnées avant de se laisser aller contre l'une d'entre elles.

Je lâche un soupir de soulagement et me presse de le rejoindre, saisissant cette chance d'obtenir une explication avant qu'il ne change d'avis.

Appuyé contre la portière d'un véhicule vert, son corps est secoué de soubresauts alors que les traits de son visage n'expriment que de la douleur. La lueur dans ses yeux s'est éteinte, comme une flamme qui manque d'air et qui étouffe.

Qu'est-ce qui peut le mettre dans cet état ?

— Pourquoi es-tu si triste ? chuchoté-je, en traçant le contour de ses lèvres du bout des doigts.

Ma main frôle sa bouche et remonte doucement le long de sa cicatrice, vestige d'une mauvaise chute datant de quelques mois, puis dérive vers sa nuque pour venir se perdre dans la masse soyeuse formée par ses cheveux noirs.

Il n'a aucune réaction. Aucun sourire ne vient ourler ses lèvres. Aucun baiser ne se pose dans la paume de ma main. Aucun « je t'aime » n'est murmuré à mon oreille.

Il continue de me fixer, sans un mot, sans bouger, sans que sa respiration s'accélère sous mes caresses.

— Parle-moi, murmuré-je, blessée par son attitude.

Rien. Ma supplique reste sans réponse. Mes paroles ne le touchent pas. Ses yeux remplis de tristesse ne font que me transpercer une nouvelle fois, me coupant le souffle, avant qu'il essuie d'un geste rageur les larmes qui perlent sur ses cils. Sans me prêter attention, il se détourne et continue son chemin, reprenant de la distance.

Je le laisse partir, le cœur brisé, ma main retombant le long de mon corps. Abandonnée. Comme moi. Pour la première fois depuis bien longtemps, Will refuse de discuter.

Est-ce la fin ?

Cherche-t-il le courage de m'avouer qu'il ne m'aime plus ou redevient-il simplement celui qu'il a été ? Celui qu'il n'a peut-être, au fond, jamais cessé d'être. Une ancienne peur remonte à la surface. J'ai toujours craint que ça arrive un jour. Que le Will de ces deux dernières années n'ait, finalement, été qu'une façade. Je lève la tête vers le ciel, observant un instant la luminosité de la lune à travers le tourbillon des flocons qui s'accélère. Une journée d'août, cinq ans plus tôt, me revient en mémoire. Le début du changement.

20 août 2012

Debout dans l'embrasure de la porte d'entrée, un sourire timide sur le visage, j'observe Johanne courir dans tous les sens. Sa robe rose pâle virevolte autour d'elle alors qu'elle nettoie et range chaque centimètre carré du salon. Quelques mèches se sont détachées de son chignon désordonné et tombent devant ses yeux sans avoir l'air de la gêner. D'après Sarah, sa mère a toujours été une maniaque de la propreté et ne peut s'empêcher de faire le ménage chaque jour de l'année, à l'exception de Noël et de son anniversaire où elle a déjà tellement de choses à faire qu'elle s'octroie une pause. C'est un sujet de discussion qui oppose régulièrement mère et fille, dans la bonne humeur.

Je me racle la gorge pour signifier ma présence. Aussitôt, Johanne interrompt son geste et se tourne dans ma direction, les yeux pétillants de joie. Elle ressemble comme deux gouttes d'eau à sa fille. Les mêmes yeux verts, les mêmes lèvres fines, les mêmes pommettes hautes. Seule la couleur de cheveux diffère de manière notable. Là où ceux de Johanne sont d'un châtain naturel, ceux de ma meilleure amie sont, depuis le début de l'été, toujours d'une couleur artificielle. J'ai eu le droit à des photos d'elle en blonde et en roux clair.

Pour Sarah, c'est une manière de faire un pied de nez à la direction du pensionnat pour notre dernière année. Le règlement nous interdit de porter des bijoux, de se maquiller..., mais rien n'a été inscrit à propos des cheveux colorés, simplement parce qu'en règle générale, ce n'est pas autorisé les parents des élèves qui appartiennent presque tous à des familles très aisées. Sarah a décidé de se faufiler dans cette brèche. Malgré ses dires, je reste persuadée qu'il y a une raison plus profonde à ce changement, que c'est une manière de se différencier de sa mère et de mettre en avant sa propre personnalité.

Dans un sens, je comprends qu'elle ait envie de ne plus être comparée sans cesse à Johanne, même si celle-ci est une perle. Ce doit être fatigant d'avoir l'impression de ne pas être une personne à part entière. Je n'ai pas ce genre de problème.

Je n'ai aucun trait en commun avec ma mère, que ce soit physiquement ou mentalement. Petite, ça m'a sûrement rendue triste d'entendre des réflexions du style « C'est ta fille ? Elle ne te ressemble pas du tout pourtant ». Aujourd'hui, ce genre de remarques me fait plutôt plaisir.

— Emilia, quel plaisir de te voir ! s'exclame Johanne en venant me prendre dans ses bras.

Elle me déleste de ma valise, d'un geste expert réalisé à de nombreuses reprises, et la pose au pied des manteaux accrochés au mur de l'entrée.

— Merci de m'accueillir. Je suis désolée de débarquer comme ça, au dernier moment.

— Ma porte est toujours ouverte pour toi, ma chérie, voyons. Cesse de t'excuser à chaque fois.

Un petit rire s'échappe de ma bouche. Effectivement, sa porte est toujours ouverte, au sens propre comme au figuré. Johanne n'aime pas vivre enfermée dans une maison. Elle a grandi dans différents parcs de mobil-home à travers les États-Unis jusqu'à sa rencontre avec Kevin lorsqu'elle avait 17 ans. Quatre ans plus tard, ils se sont installés ici pour l'arrivée de Josh, et Johanne y est restée, même après le décès de son mari. Ses années de vagabondage lui ont, cependant, laissé un besoin d'air et d'espace qu'elle maîtrise en essayant d'être le moins cloîtrée possible. Une tornade déboule de l'escalier et me saute dessus avant de pouvoir faire un pas. Je me rattrape de justesse à la commode en bois, évitant de finir au sol, les quatre fers en l'air, sous le poids de ma meilleure amie. Je la repousse légèrement et observe, amusée, ses longs cheveux rouge vif. Cette fois-ci, elle a fait fort.

— J'aurais dû savoir que tu étais sérieuse dans ton dernier message.

— Toujours, tu me connais, réplique-t-elle d'un clin d'œil appuyé.

Elle s'empare de mon bras et commence à me tirer à sa suite.

— Allez, viens. Je vais te faire une visite guidée de la maison, s'enthousiasme-t-elle, heureuse de m'avoir près d'elle.

— Sarah, laisse donc Emilia souffler un peu après son long voyage, la réprimande gentiment sa mère.

— Et puis, ce n'est pas comme si les murs avaient changé de place depuis l'été dernier.

Pas lui !

Cette voix, je ne l'ai pas entendue depuis presque un an, depuis mon dernier séjour ici, et pourtant, je n'ai aucun mal à la reconnaître. Sarah m'avait toutefois juré qu'il ne serait pas là.

Avec un temps de retard, je détourne les yeux et les pose sur William qui descend tranquillement les marches, les mains dans les poches de son jean. Ses cheveux ont encore poussé et frôlent désormais ses épaules à chacun de ses mouvements. À part ça, il n'a pas changé. Toujours le même regard couleur chocolat avec une teinte douce quand il se pose sur sa sœur. Qui se transforme en marron glacé quand il me fixe, avec cette absence de sourire.

Je le salue d'un vague signe de la main auquel il répond d'un hochement de tête distant, avant de se laisser tomber sur le canapé, attrapant la télécommande au passage.

J'ai l'habitude. Will ne m'adresse la parole qu'en cas d'extrême nécessité et me dire « bonjour » n'en est pas un, a priori. C'est comme ça depuis notre première rencontre dans les couloirs du pensionnat. Je n'étais, pour lui, qu'une gamine comme les autres entrant en 9th grade[1]. Ce qui ne s'est pas arrangé quand il a su que j'avais sauté une classe et que je n'avais que 13

---

[1] Équivalent à notre 3e. Aux États-Unis, Middle School qui correspond au collège en France réunit les 6 th grade, 7 th grade et 8 th grade. High School qui correspond au lycée en France réunit les 9 th grade, 10 th grade, 11 th grade et 12 th grade.

ans. Je n'étais qu'une amie de sa sœur qu'on lui a collée dans les pattes.

Et c'est ce que je suis encore à ses yeux, malgré ces trois dernières années.

J'ai compris depuis longtemps qu'il ne me verra jamais autrement, même si l'espoir qu'un jour cela change est toujours là. Parce que, de mon côté, sa présence suffit à faire battre mon cœur plus vite.

Sarah lui tire la langue et réajuste ses lunettes rouges sur le bout de son nez.

— Occupe-toi de tes affaires !

— Ce qui te concerne me concerne, petite sœur, lui lance-t-il par-dessus son épaule avec un sourire idiot sur le visage.

— Stop, vous deux. Sarah, va donc mettre les affaires d'Emilia dans la chambre de ton frère, lui ordonne Johanne, mettant ainsi fin à cet échange puéril et habituel.

Le ton de sa mère est sans appel. Mon amie obéit de bonne grâce et attrape ma valise avant de monter à l'étage sans perdre un instant.

Je reste figée à l'entente de la fin de sa phrase. « La chambre de ton frère ». Comme si nous étions en couple. Comme si nous allions dormir ensemble. Aussitôt, mon imagination se met en route pour m'offrir une vision de mon réveil dans les bras de mon fantasme.

— Quant à toi, Will, viens avec moi dans la cuisine, j'ai besoin de bras supplémentaires.

Je secoue la tête en me traitant d'idiote. Il ne serait jamais venu à l'esprit de Johanne de me faire partager la chambre de Will. Elle devait parler de celle de Josh.

— À vos ordres, chef, réplique-t-il avec un salut militaire avant de se lever.

Je le regarde s'exécuter sans rechigner, abandonnant son programme, alors que Sarah redescend déjà en quatrième vitesse. Elle me saisit par le coude et me tire jusqu'à la salle à manger. Ensemble, nous prenons place autour de la table ronde en verre sur laquelle la vaisselle a déjà été déposée. Ils n'attendaient que mon arrivée pour manger, apparemment.

Johanne et Will ne tardent pas à nous rejoindre, déposant plusieurs plateaux, et s'installent avec nous. Comme à chacune de mes visites, je me retrouve à côté de ce dernier. La situation pourrait être plaisante, dans d'autres circonstances, dans une autre dimension. Une de celles où mes sentiments pour lui seraient partagés. Dans un endroit où, tout en déjeunant, sa main viendrait saisir la mienne sous la table et où nous partagerions autre chose que des silences indifférents.

Ce n'est pas le cas, et du coup, je me sens toujours mal à l'aise. Ma gorge s'assèche rapidement en pensant à ce secret qui me hante depuis des années et qui menace à chaque fois de franchir la barrière de mes lèvres, tellement il devient lourd à porter.

Je tente de me concentrer sur la discussion entre Sarah et Johanne pour ne pas laisser mon esprit se perdre en divagation inutile. Mais, après plusieurs minutes, je finis par décrocher quand le sujet dérive vers une tante éloignée que je n'ai jamais vue.

J'avale plusieurs bouchées de purée, les unes après les autres. Vite. Trop vite. Manquant de m'étouffer, je tends le bras par-dessus la table pour attraper la bouteille sans pouvoir l'atteindre alors qu'une violente quinte de toux m'irrite la gorge. Sans le moindre commentaire, Will pose ses doigts dessus et me sert un verre, les yeux moqueurs qui me disent un « Alors, on ne sait plus manger ? ». Regard qui ne passe pas inaperçu à sa sœur qui lui donne un coup de pied sous la table alors que mon verre se vide cul sec. L'eau me soulage immédiatement alors que Will se dispute gentiment avec Sarah. Je n'ai pas le temps d'ouvrir la bouche pour les interrompre et le remercier que la porte d'entrée claque, permettant le passage de Josh, l'aîné de la famille, qui a fêté ses vingt-quatre ans, début janvier, en même temps que Will ses vingt ans.

— Vous auriez pu m'attendre, tout de même, se plaint-il faussement en se posant sur une chaise à côté de sa sœur sans même un « bonjour ».

— Le jour où tu seras à l'heure, tu mangeras en même temps que tout le monde, rétorque sa mère.

— Les meilleurs se font toujours désirer. C'est une règle d'or, fanfaronne Josh en attrapant une cuisse de poulet dans le plat.

— Vaut mieux être sourd que d'entendre une connerie pareille, ricane Sarah, en levant les yeux au ciel.

Tandis que Josh et elle se chamaillent pour des broutilles, arbitrés par Johanne, mon corps adopte une posture de défense, bras croisés autour de ma taille et regard visé sur mon assiette. La nourriture me semble fade, d'un seul coup, et ce même si mon estomac crie famine. Parfois, j'arrive à passer outre et à me comporter normalement. Parfois, comme aujourd'hui, le fait d'être une étrangère dans cette famille unie…

— Qu'est-ce qui ne va pas, Mia ?

Je tourne mon visage vers Will, étonnée. Il n'a jamais utilisé ce diminutif. Il se sert déjà à peine de mon prénom. Pourquoi comme ça, aujourd'hui, se décide-t-il à prendre en compte le surnom donné par sa sœur ?

— Je... rien de très important, marmonné-je, encore sous le choc.

— Pourtant, tu as l'air triste, tout d'un coup.

— En quoi ça te regarde ? rétorqué-je, sur la défensive.

Je ne peux m'en empêcher, même si je le regrette aussitôt, me mordant l'intérieur des joues. Pour une fois qu'il se comporte comme un être humain doué d'émotions, il faut que ma bouche prenne de l'avance sur mon cerveau.

— En rien, se contente-t-il de répondre avec un haussement d'épaules, j'essayais simplement d'être gentil.

Le « pour une fois » reste silencieux, mais je l'entends presque autant que s'il l'avait dit. Tout comme le « et ce sera la dernière » qui m'enfonce encore plus.

Il abandonne son assiette à peine entamée et quitte la table, jetant sa serviette au passage sur la table avant de sortir dans le jardin. Je lance un coup d'œil à mon morceau de poulet avant de revenir sur la porte-fenêtre. Mon regard se pose sur les autres, mais Johanne, Sarah et Josh sont toujours occupés à batailler. Je lâche un soupir, hésite quelques secondes puis finis par me lever pour le rejoindre.

— Excuse-moi, commencé-je en m'installant à ses côtés sur la balancelle. Je n'aurais pas dû réagir de cette manière. J'ai été surprise, c'est tout. Je n'ai pas l'habitude que tu te préoccupes de mon état.

Il reste muet, se fichant de mes excuses ou ne sachant que dire. J'ai raison, il le sait. Il ne peut pas me contredire sur ce point. Nos rapports n'ont jamais dépassé le stade des politesses obligatoires.

— J'aime venir ici, admets-je en souriant timidement, les yeux fixés sur l'étendue d'herbe. Il n'y a pas de piscine, pas de jacuzzi ni de terrain de tennis, mais j'adore cette maison. Partager la chambre de Sarah et rire avec elle devant la collection de comédies romantiques de ta mère. Céder à Josh et jouer avec lui à Mario Kart, le battant chaque fois à plate couture. Et surtout, n'être quasiment jamais seule.

De la pointe des pieds, j'apporte une impulsion à la balancelle sans lui demander son avis, donnant l'impression qu'elle bouge sous l'impact du vent.

— Seulement, à certains moments, ça me donne un goût amer, continué-je, après une longue pause. Vous voir interagir tous ensemble me rappelle sans cesse ce que je n'ai pas. Ma mère m'oblige à passer quelques semaines par an avec elle uniquement pour faire bonne figure.

Le soleil à cet instant se cache derrière un amoncellement de nuages me donnant soudainement froid. Mes mains agrippent les pans de mon gilet et mes doigts remontent la fermeture éclair avec un empressement maladroit. Will ne prononce toujours pas un mot. Sans le bruit de sa respiration, j'aurais l'impression d'être seule et de parler dans le vide. Quoique, malgré sa présence, c'est tout de même un peu mon ressenti. Ce n'est pas grave. Pour une fois qu'il est avec moi sans y être obligé, je peux faire semblant de croire qu'il m'écoute réellement.

— Cette année, elle m'a présenté mon nouveau beau-père, Mr numéro 13. Peut-être que cela lui portera chance, qui sait. Même si, à mon avis, il n'en a qu'après son argent, comme tous les autres avant lui.

Je repousse une mèche de mes cheveux châtains derrière mon oreille. Elle n'y reste pas et revient chatouiller mon visage aussitôt.

— J'aurais juste aimé faire réellement partie de votre famille, lui confié-je, mélancolique.

— Tu es comme une sœur pour Sarah, finit-il par dire d'un ton réconfortant.

— Et pour toi ? chuchoté-je, sans pouvoir retenir mes mots.

La tête de Sarah apparaît dans mon champ de vision, coupant court à toutes réponses. Son regard passe de l'un à l'autre, sourcils froncés. Je n'ai pas besoin d'entendre sa question. Je la lis sur son visage.

« Qu'est-ce que vous faites là tous les deux ? ». Je lui réponds de la même manière un « Plus tard ». Elle acquiesce d'un mouvement presque imperceptible avant de revenir au sujet de sa venue.

— Mia, ma mère accepte de nous conduire au centre commercial pour les achats de la rentrée. Et on pourra même s'arrêter au Starbucks pour boire ce fameux cappucino glacé que tu aimes tant.

Je me lève sans un mot, heureuse de passer un moment avec elle, tout en priant pour que Will n'ait pas saisi ma dernière question. Pour que mon murmure se soit perdu dans le vent.

Tandis que Sarah me tire vers l'intérieur de la maison, Josh rejoint son frère, grignotant une nouvelle cuisse de poulet et s'installe à ma place en lui lançant un :

— Depuis quand tu es si proche de Mia, toi ?

Lui et Sarah ne sont pas frère et sœur pour rien.

19 décembre 2015, 20 h 12

C'est étrange de repenser à ce jour où les choses ont commencé à changer entre nous, même si ce n'était que le premier pas et qu'il est resté invisible, recouvert par une couche de déni, comme les traces de mes pieds dans la neige actuellement.

Il y a quelques mois, j'ai surpris Will en train d'en reparler avec Josh. Est-ce pour ça que ce souvenir vient me hanter aujourd'hui ? Est-ce à cause des mots qu'il lui a dits ce jour-là ?

Il lui a raconté cette conversation, qui avait été presque à sens unique, et surtout ma dernière question. Il l'avait entendue, mais il n'avait pas voulu me répondre.

Car à ce moment-là, je ne représentais rien pour lui. Ou, en tout cas, pas grand-chose. Si j'avais dû disparaître de son paysage, sa vie aurait continué comme avant. Et ce, sans qu'il en éprouve le moindre remords, la moindre tristesse.

L'amour ne se contrôle pas.

Emilia

Will a disparu. Il n'y a plus une seule trace de lui au milieu du parking. Seule dans la nuit, j'aperçois au loin le bus déboucher de la rue adjacente. Je cours sur quelques mètres pour l'attraper et arrive au moment où une dame âgée s'engouffre à l'intérieur, sa canne raclant sur les marches du véhicule. Je monte après elle avant de me laisser tomber sur la première place de libre, exténuée. Le bus est quasiment vide à cette heure, même s'il n'est pas si tard que ça. Deux adolescents écoutent de la musique sans écouteurs, les chanteurs crachant leur mauvaise prose. Le chauffeur n'y prête aucune attention, se contentant de se concentrer sur la route, mais les regards lancés à travers le rétroviseur sont sans équivoque. Il n'en peut plus, sauf que, pour une raison ou pour une autre, il rage seulement en silence.

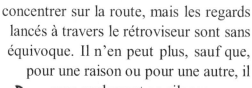

Je n'ai pas le courage de leur demander de baisser le

volume, de me battre pour des broutilles.

Ce n'est de toute manière pas mon rôle. Et puis ce n'est aussi que l'affaire de quelques minutes.

Tête posée contre la vitre, j'observe le paysage défiler à mesure que le bus sillonne les rues. Les lieux, les odeurs, le mouvement des feuilles. Je connais chaque endroit de cette ville comme ma poche. Quand nous nous sommes installés ensemble avec Will, il nous a semblé logique de revenir au point de départ. Là où on se sentait l'un comme l'autre comme chez nous. Pinehood. Pinerood. Pinewood. Le nom de la ville n'est pas très clair.

Sans le vouloir, mes paupières s'abaissent, mon esprit soudainement fatigué et confus.

— Le prochain arrêt, s'il vous plaît.

Cette voix me fait l'effet d'un bouton ON. J'ouvre brusquement les yeux et découvre qu'une femme enceinte a pris place sur le siège mitoyen au mien et s'apprête à descendre au prochain arrêt. Comment est-il possible que je ne l'ai pas sentie s'installer ? Ma courte absence était si profonde ?

Je regarde par la fenêtre, histoire de me repérer, et remarque qu'on est sur le point de s'arrêter au niveau du complexe sportif.

Ouf ! Je n'ai au moins pas été déconnectée de la réalité très longtemps. Je me lève et me place derrière l'autre passagère avant de descendre à sa suite, une fois les roues du bus immobilisées. Les portes se referment dans mon dos alors que la femme s'éloigne, l'oreille collée au téléphone, en prenant vers la droite.

Rebroussant chemin, seule dans la nuit à peine transpercée par l'éclairage de quelques lampadaires, je longe le trottoir bordé de maisons à deux étages jusqu'à l'épicerie encore ouverte.

Comme tous les soirs, Roberto est allongé sur le sol dans un coin, sous une couverture limée, l'esprit peuplé de démons invisibles alors que Knoxx veille sur lui. Je cherche dans mes poches un peu de monnaie, mais celles-ci sont vides. Je note dans un coin de ma tête de lui apporter le duvet qui dort dans le placard de l'entrée.

Je tourne dans la rue à sens unique sur ma gauche et descends la pente jusqu'au numéro 20 dans le silence.

La froideur du début de soirée a poussé les habitants à se réfugier chez eux, au coin d'un feu de cheminée, un bon chocolat chaud entre leurs doigts gelés.

L'occupant du 3C sort de l'immeuble avec son chien Ginger sans me prêter la moindre attention et s'éloigne vers le parc. Le jour où il me dira « bonjour » celui-là, il gèlera en Enfer. J'ai vite abandonné l'idée d'être cordiale avec lui. Après tout, rien ne m'oblige à être polie avec ceux qui ne le sont pas.

Je me faufile avant que la porte ne se referme et reste plantée debout, un instant, près des rangées de boîtes aux lettres. J'hésite à faire les derniers pas. J'ai peur de mettre le doigt sur l'absence de Will. Et s'il avait déjà pris ses affaires ? Et s'il avait décidé de retourner la voir ? Elle, qui a été mon cauchemar. Et si leur relation n'avait jamais réellement cessé ?

Petit à petit, je monte les marches jusqu'au premier étage, rasant les murs jusqu'au dernier appartement. Je n'ai pas le choix.

Je dois en avoir le cœur net et affronter la situation, l'avenir.

La porte s'ouvre brutalement sur Josh, me faisant sursauter, qui fuit sans même me regarder.

Décidément, qu'ont-ils tous à m'ignorer ce soir ?

Je n'ai pas le temps d'ouvrir la bouche pour l'appeler qu'il dévale déjà l'escalier en courant.

Qu'est-ce qu'il faisait là ? Ce n'est pas comme s'il avait l'habitude de nous rendre visite à l'improviste. En même temps, ils vivent à plus de trois heures de route avec Justine. Ce n'est pas évident de venir sur un coup de tête.

Et puis, pourquoi avait-il l'air aussi… en colère ?

C'est le premier mot qui me vient à l'esprit, même si j'ai l'impression que ce n'est pas le bon terme pour décrire l'expression de son visage. C'était plus fort que ça.

Assis au coin du feu, Will ne bouge pas, se contentant d'observer le ballet des flammes dans l'âtre brûlant. Il est comme… éteint. Il n'esquisse même pas le moindre mouvement quand je me blottis sur le canapé à l'opposé de lui, les jambes repliées contre ma poitrine. J'ai l'impression d'être vide. Les questions continuent d'affluer dans mon esprit, mais je n'arrive plus à en saisir le sens, à les formuler. Fatiguée, je n'ai plus la force de chercher à comprendre.

Le grincement des ressorts usés perçant le silence me signale que Will s'est levé. Je bouge légèrement le visage de manière à pouvoir l'observer alors qu'il se déplace jusqu'à la chaîne HI-FI posée sur le meuble d'angle à côté de la télévision. Je n'ai pas besoin de distinguer parfaitement ses gestes pour savoir ce qu'il fait. Il lance la lecture du dernier CD en notre possession. La voix du chanteur de *3 Down Doors* s'élève sur *Away from the sun* avant qu'il ne sélectionne un autre morceau. Avec le temps, j'ai appris à décrypter son humeur en fonction du titre choisi et celui-ci reflète une douleur profonde et indescriptible.

Une mélodie qui me renvoie le souvenir d'un jour bien précis.

3 septembre 2012

Je ferme ma valise et me laisse tomber sur la couette bleu nuit, observant une dernière fois les murs de la chambre de Will. Lors de mes visites précédentes, je partageais le lit de Sarah au royaume des licornes, mais cette année, Johanne a décidé de m'installer dans l'antre d'adolescent de son fils cadet, contrairement à ce que j'ai cru. Sarah ne m'avait pas menti. Il était réellement prévu que son frère ne soit pas là. Il avait juste décalé son départ de quelques heures. À notre retour du centre commercial, il était d'ailleurs déjà parti avec Josh.

Même si dormir sans Sarah était étrange, je n'ai jamais passé de meilleur séjour chez Johanne.

Pendant ces quelques jours, j'ai eu l'impression de ne pas être invisible, d'être quelque chose pour lui, mon esprit divaguant et créant un film romantique entre Will et moi. Des images qui m'ont paru tellement réelles, simplement parce que mon corps s'assoupissait dans ses draps, que mes mains fouillaient dans ses tiroirs et que mes oreilles écoutaient la même musique que lui.

Toutes les nuits, je me suis endormie au son de l'album *Away from the sun* de *3 Down Doors*. Il a d'ailleurs terminé dans mes bagages.

Will se rendra peut-être compte de sa disparition, mais jamais il n'imaginera que je puisse en être responsable. Comment la petite et gentille Mia pourrait-elle lui voler quelque chose ?

À regret, j'attrape mes affaires avant de descendre rejoindre Sarah et Johanne, triste de quitter cette maison, et surtout cette chambre. Je ne pense pas avoir de nouveau l'occasion de l'occuper. Je ne sais même pas si je reviendrai un jour dans cette maison. Ce n'est en tout cas pas prévu pour le moment. Peut-être aurai-je à l'occasion de croiser Will aux différentes vacances s'il vient chercher sa sœur ? Je ne devrais pas le vouloir, pourtant. Je devrais tout faire pour m'éloigner, l'oublier. D'après la psy que ma génitrice m'oblige à consulter, être dépendante de ses sentiments non réciproques n'est pas sain. On dirait qu'elle n'a jamais été amoureuse.

De toute manière, je n'y crois pas vraiment. L'année dernière, c'était toujours Josh ou Johanne, jamais lui. Il a passé un an à l'université dans la même ville que le pensionnat, et je ne l'ai même pas vu une seule fois. Après avoir rangé mes affaires dans le coffre, je monte dans la voiture à contrecœur, comme si je disais adieu à une partie de ma vie, et regarde la maison s'éloigner par le parebrise arrière alors que Johanne s'engage sur la route quittant Pinewood. Cette petite bourgade située dans le comté de Sumter ne ressemble en rien à Philadelphie. Les habitants se préoccupent les uns des autres. J'aurais aimé grandir dans un endroit comme celui-ci au lieu de devoir me coltiner les soirées mondaines.

Sarah allume la radio, poussant la chansonnette avec sa mère sur une musique à l'accent latin enchaînant sur *Domino* de Jessy J avant que les informations monopolisent l'antenne. Enfoncée dans le siège, je les observe, un léger sourire aux lèvres. Malgré leurs disputes et leurs différences d'opinions, leur complicité se voit comme le nez au milieu de la figure. Un lien au-delà de celui du sang.

Johanne s'est toujours sacrifiée pour offrir les meilleures chances à ses enfants. Grâce à elle, ils ont eu l'opportunité d'intégrer le pensionnat le plus sélectif de Caroline du Sud. Une école basée sur l'excellence avec un concours d'entrée si complexe qu'uniquement 2 % des inscrits réussissent. Enfin, d'après la brochure distribuée par l'établissement.

J'avoue ne pas pouvoir en témoigner. Contrairement à Sarah et à Will, je n'ai pas eu besoin de travailler durant des heures pour décrocher ma place ni de voir ma mère cumuler les emplois pour payer la note. Ma génitrice a seulement eu à passer quelques coups de téléphone et à faire quelques dons. Elle n'a même pas jugé utile de me laisser essayer, à croire qu'elle ne m'imaginait pas assez intelligente pour réussir par moi-même. Elle ne m'a même pas demandé mon avis quand elle a décidé de me faire intégrer le pensionnat un an en avance. Elle a dû faire un chèque très généreux pour qu'il accepte une adolescente de treize ans aux notes qui ne frôlaient pas l'excellence.

Sarah se tourne dans ma direction, joyeuse. Pour elle, retourner à la SCPS, *South Carolina Private School*, ne pose aucun problème. Elle est qualifiée d'élève en or par les professeurs tandis que ses nombreuses activités extrascolaires lui permettent de graviter dans divers cercles. Je ne suis pas aussi excitée qu'elle, même si j'aime mieux étudier là-bas que d'être assommée par des professeurs particuliers.

Un vieux titre de Britney Spears remplace la voix du présentateur radio. Sarah augmente le son et commence à chanter un « *Oh, baby, baby* » en me fixant, le doigt pointé sur mon visage.

Son imitation foireuse m'arrache un éclat de rire et me sort temporairement de mes sombres pensées. Emportée par son enthousiasme communicatif, je l'accompagne sur les prochains tubes sous le regard malicieux de Johanne jusqu'à en avoir mal à la gorge. La pancarte annonçant l'entrée de Columbia finit par couper Sarah dans son élan, avant qu'elle ne puisse me demander un nouveau tour de chant.

— Enfin ! s'exclame-t-elle, notre dernière année. Prête ?

— Pas du tout, rétorqué-je en me tordant les mains sous le coup du stress. Et toi ?

— Bien sûr, me dit-elle, tentant de paraître sûre d'elle. Malgré tout, sa voix déraille quelque peu et une légère pointe d'inquiétude se fait entendre. Je la connais suffisamment pour savoir qu'elle réalise que « dernière année » signifie qu'il ne reste que quelques mois avant le début d'une nouvelle ère. Qu'il ne lui reste que quelques semaines avant de devoir arrêter des choix qui détermineront son avenir. Même si elle sait qu'elle peut compter sur mon aide, finalement, elle sera seule pour étudier les différentes propositions des universités, à devoir réfléchir aux nombreuses options. Elle n'a pas de ligne blanche toute tracée, ce qui n'est pas mon cas. Quels que soient mes envies et mes rêves, j'intégrerai la faculté de droit d'Harvard. Je n'ai pas à m'inquiéter pour mes dossiers, pour les bourses. En général, les autres m'envient pour ça. Ils ne comprennent pas, ne sont pas à ma place. Eux, ils ont la possibilité d'essayer, quitte à se planter. Ils peuvent décider par eux-mêmes. Ce qu'on me refuse. L'année prochaine, je serai à environ 1 500 km de lui. Un des éléments qui apparaît sur ma liste intitulée « Les 8 raisons de ne pas aimer William Portman ». La huitième, et la plus importante, étant qu'il ne m'aime pas.

— Je connais ce regard, me sermonne Sarah, interrompant le fil de mes pensées. Tu songes encore à lui, hein ?

Je ne réponds pas, sachant pertinemment qu'il est inutile de lui mentir. C'est une affirmation cachée dans une question. Elle n'attend pas de confirmation. Sarah n'a jamais été dupe concernant les sentiments que m'inspire son frère, mais, contrairement à ses espérances, mon affection s'est transformée en quelque chose de plus fort. L'éloignement et le temps n'ont pas fait leur œuvre.

— Tu sais ce que j'en pense, soupire-t-elle, dépitée. Tu dois arrêter de faire une fixette sur lui, Mia.

— Laisse donc Emilia tranquille, intervient Johanne. L'amour ne se contrôle pas, encore moins à votre âge. Et, je suis certaine que si Emilia a des sentiments pour ce garçon, alors il doit être charmant.

Je lance un regard d'avertissement à Sarah, lui intimant de garder sa langue dans sa poche. Je n'ai pas envie que Johanne change de comportement, qu'elle me fixe avec pitié et tristesse. Elle ne doit jamais connaître la vérité. En tout cas, pas jusqu'à ce que la vie nous ait éloignés.

— Il n'est pas amoureux d'elle, maman. Et il est plus vieux que nous. Ce n'est pas bon de s'accrocher à quelque chose qui n'arrivera jamais.

Mon souffle se bloque dans ma poitrine sous l'attaque frontale. Sarah a déjà essayé à plusieurs reprises de m'ouvrir les yeux, comme elle aime le dire, mais elle a toujours agi en douceur. Jamais elle ne l'a dit de manière aussi brutale. Certes, je ne cesse de me répéter les mêmes choses, mais les entendre dans la bouche de mon amie m'arrache le cœur.

Perdue dans ma bulle de souffrance, je mets quelques minutes à me rendre compte que Johanne a garé la voiture et qu'avec Sarah, elles sont déjà à l'extérieur en train de vider le coffre. Je m'oblige à inspirer profondément avant de descendre du véhicule. Sous mes yeux s'étend le pensionnat qui va m'accueillir jusqu'à la fin de l'année scolaire. Un bâtiment aux pierres quelque peu noircies par le temps, recouvert, à certains endroits, par du lierre et autres plantes grimpantes.

— N'oublie pas ta veste, Emilia.

— Merci, soufflé-je en l'attrapant avant que Johanne ne referme le coffre.

— N'écoute pas Sarah, murmure-t-elle en me prenant dans ses bras. Personne n'a le droit de te dire qui tu dois aimer, d'accord.

Je n'ai pas le temps d'ouvrir la bouche que Sarah embrasse rapidement sa mère sur la joue avant de m'agripper par le bras, en me collant ma valise dans les mains, et de courir vers Holly et Laura, les deux autres filles qui partagent notre chambre.

— Doucement, Sarah. Tu vas me déboîter l'épaule, grimacé-je, alors que nous passons sous l'arche formant les lettres SCPS en fer forgé.

J'ai juste le temps de saluer Johanne d'un geste de la main avant de voir sa silhouette élancée disparaître derrière le grillage qui délimite la propriété.

— On est à la bourre, se plaint-elle. La cérémonie de rentrée débute dans à peine dix minutes.

— Le gymnase se trouve juste de l'autre côté, répliqué-je, exaspérée. Sans compter que le proviseur Jones commence toujours son discours en retard.

— Emilia a raison, ajoute Holly, réajustant son bonnet rose sur ses cheveux blond vénitien. Pourquoi es-tu si pressée ?

Elle ne nous offre aucune réponse et se contente de grimper les quelques marches qui mènent au hall d'entrée. Elle abandonne ses bagages au pied de l'escalier en pierre qui dessert l'aile des dortoirs et qui fait face à son jumeau donnant accès aux salles de classe, avant de prendre la direction du bâtiment sportif. Holly et Laura haussent les épaules avant de la suivre, la rattrapent rapidement. Je finis par imiter Sarah, dépose mes affaires près des siennes et rejoins le troupeau d'élèves qui marchent dans la cour avec plus ou moins d'entrain, créant une masse colorée qui disparaîtra dès le lendemain au profit d'un amas sombre et uniforme. Adieu jean, tee-shirt, pull et autres vêtements considérés comme fantaisistes. Et bonjour aux jupes plissées marines, aux pantalons de la même couleur, aux chemises blanches et aux cravates. Les différences seront de nouveau gommées au maximum, dépouillant les pensionnaires de leur propre personnalité.

Une fois dans le gymnase, je me laisse tomber au dernier rang près de Sarah. Ce bâtiment a beau être le plus récent de l'école, il n'en reste pas moins aussi banal que ceux des autres établissements scolaires : un espace occupé par les vestiaires et le matériel sportif, un terrain de basket tracé sur le sol avec ses deux paniers qui se jaugent du regard, et les éternels gradins en bois inconfortables.

Je remarque que Sarah ne me prête aucune attention et qu'elle fixe un point à l'autre bout des bancs. Je me penche un peu en avant et regarde dans la même direction, découvrant Harry Nols, souriant à mon amie. Ses cheveux blonds ont rencontré une tondeuse pendant l'été, mais cela ne semble pas déranger Sarah. La lumière jaillit soudain dans mon esprit et son impatience devient parfaitement claire.

— J'aurais dû m'en douter, grommelé-je entre mes dents.

Je m'enfonce contre le mur, remonte mes jambes contre ma poitrine et me roule en boule, cachant mon visage dans mes genoux, en proie à la fatigue. Je ferme les yeux, faisant abstraction du monde qui m'entoure. La nuit a été courte, peuplée de mes rêves irréalisables, et sans m'en rendre compte, je replonge aussitôt dans mon pays imaginaire. Et il n'a rien à voir avec celui de Peter Pan. C'est comme si mon sommeil n'avait pas été interrompu. Je suis à nouveau dans les bras de Will, à sentir son souffle sur ma peau, à goûter ses lèvres, à m'enflammer sous la délicatesse de ses caresses fictives, à entendre mon cœur battre violemment dans ma cage thoracique.

Jusqu'à…

— La Terre appelle Mia, la Terre appelle Mia, scande Sarah, en claquant des doigts.

... l'éclatement. Ce moment où un événement me renvoie de plein fouet dans la réalité.

— Je suis désolée, s'excuse-t-elle, ses dents mordillant sa lèvre inférieure.

— Pour…

Le reste du mot se perd dans ma gorge en entendant le nom prononcé par Jones qui présente la nouvelle équipe pédagogique.

— Je savais qu'il avait abandonné l'université, mais ni Josh ni lui ne m'ont dit qu'il allait travailler ici, se justifie Sarah, embarrassée.

20 décembre 2015, 3 h 14

J'ouvre les yeux sur la pénombre. Le feu dans la cheminée ne brûle plus et la voix du chanteur s'est, depuis un moment, éteinte. Seul le grésillement de la chaîne perce le silence qui règne dans la pièce. Je me redresse, dépliant mes jambes engourdies. La raison pour laquelle mon sommeil a pris fin. Un verre de whisky presque vide repose sur la table basse à côté de plusieurs enveloppes encore fermées. Il est trop tard pour s'en occuper, même si cela pourrait me changer les idées.

J'aperçois Will tranquillement endormi. Ses traits sont parfaitement détendus. Il semble si paisible, soudainement. J'avance ma main et caresse du bout de mon pouce ses lèvres entrouvertes.

— Mia, souffle-t-il.

Je lève mon regard, persuadée de croiser le sien, mais ses yeux sont toujours clos. Je change de position et pose ma tête contre son épaule. Il bouge légèrement. Il ne me repousse pas, mais ne m'accepte pas non plus au creux de ses bras. Je prends une grande inspiration. L'odeur pimentée de son after-shave effleure mes narines et me réconforte. Je ferme à nouveau les yeux en fredonnant *Here without you*.

J'aimerais tant pouvoir prendre une gomme et effacer mes sentiments.

Emilia

Je me réveille avec la sensation d'être étrangement relaxée et légère. Cependant, ma bonne humeur se volatilise aussitôt en remarquant que ma tête repose sur quelque chose de moelleux. Un coussin. Rien à voir avec l'épaule de mon petit ami. Will n'est plus là et sous son absence, une nouvelle pointe perce mon cœur. Jamais encore il n'avait quitté la maison sans venir me voler un léger baiser. Ce qui ne manquait jamais de me réveiller au moins pour quelques secondes.

Je me lève avec difficulté, attristée par son attitude et sa disparition. J'aurais voulu pouvoir tenter une nouvelle fois de lui parler. À croire qu'il le savait et qu'il a fui pour ça. Une odeur de café chaud m'effleure les narines. Will a pris le temps de préparer une tournée de liquide chaud, mais pas de m'embrasser. Cette constatation me noue les tripes et une sourde lassitude m'envahit. L'envie de me servir une tasse s'envole. Je préfère retourner me perdre dans les bras de Morphée, le corps et l'esprit encore fatigués malgré cette nuit de repos.

Préférant ne pas opter pour le canapé, je traverse le couloir en direction de notre chambre dans un silence pesant. Étrangement trop pesant.

À quand remonte la dernière fois où j'ai entendu le rire de Will résonner entre ces murs ? Depuis quand les draps froissés de notre lit ne se sont-ils pas enroulés autour de nos corps fiévreux ?

J'ai la certitude que ce n'est pas si loin, pourtant je n'arrive pas à mettre le doigt dessus et à me souvenir de ces moments avec exactitude. Pourquoi semblent-ils avoir disparu de ma mémoire ? Pourquoi certains jours de ma vie donnent l'impression d'être noyés sous un épais brouillard ?

Mon regard est attiré par une peluche rose sur le sol, près de la fenêtre de la chambre. Un sourire las ourle mes lèvres en reconnaissant M. Cochon. Je m'avance et me laisse tomber dans le fauteuil à bascule, le regard rivé sur mon doudou d'enfant. Ma mémoire récente déraille, mais celle à long terme ne me pose aucun problème.

20 octobre 2012

Assise à la table de la cafétéria dans le coin le plus près de la sortie avec Sarah, Holly et Laura, j'écoute la conversation d'une oreille distraite sans faire le moindre effort pour y participer. Je ne fais que planter ma fourchette encore et encore dans l'infâme mélange qui ne ressemble en rien à la purée de citrouille promise par le menu. Comme quoi, le standing de l'école ne fait pas forcément des miracles. Les cuisinières, ici aussi, n'ont rien de chefs étoilés.

— Qu'est-ce que tu en penses, Mia ?

Laura me fixe, attendant une réponse, alors que Sarah et Holly repoussent leur assiette dans un geste parfaitement synchronisé, un air dégoûté sur le visage.

— Qu'est-ce que j'en pense de… ? lui demandé-je, sans même lui cacher le fait de ne pas avoir réellement écouté.

Sarah me lance un regard indulgent, habituée par mon comportement, alors que Laura marmonne un « désespérante » dans un soupir. Elle n'a toujours pas réussi à se faire à mon manque d'intérêt pour les choses futiles comme les rumeurs, les nouvelles idées farfelues des célébrités ou encore les dernières tendances modes. Ce n'est pas ma faute si je décroche dès qu'on commence à aborder un de ses sujets. Je n'y ai jamais trouvé le moindre intérêt, même quand je devais apprendre des noms par cœur pour satisfaire ma génitrice. Sauf, peut-être alors, avoir la paix pendant des heures à chaque fin de séance.

Je replonge le nez dans mon assiette, mâchouillant des morceaux de pain, en dessinant des formes approximatives jusqu'à ce que plusieurs chaises raclent sur le sol. Titillée par ma curiosité, je lève les yeux et découvre que la table s'est agrandie avec l'arrivée d'Ivy et Clara, deux autres pensionnaires de dernière année.

Qu'est-ce qu'elles font là ?

Nous avons toutes des cours en commun, mais nous ne partageons pas le même dortoir ni les mêmes activités extrascolaires. Il y a entre nous des barrières invisibles que nous dépassons rarement et seulement par obligation.

— Sarah, c'est vrai ? s'enquiert Ivy, sans même un bonjour.

Ce qui n'est pas étonnant en soi venant d'elle.

— Quoi ? Tu viens tout juste de te rendre compte que je suis parfaite, réplique ma meilleure amie, amusée.

La main d'Holly se pose sur mon épaule pour attirer mon attention.

— J'ai besoin d'aller à la bibliothèque, tu m'accompagnes ?

J'acquiesce et me lève, pressée de fuir. La présence d'Ivy signifie que la conversation va tourner autour des ragots. Elle adore ça. Elle doit avoir une case dans sa mémoire exclusivement réservée pour les potins.

Elle fait preuve, pour ce genre de choses, d'une intelligence et d'une curiosité exceptionnelles. J'attrape mon sac, non sans avoir la sensation désagréable d'être observée à la loupe. Mes yeux croisent ceux de Clara qui me fixe à l'autre bout de la table, si intensément qu'elle donne l'impression de vouloir mettre à jour les secrets enfouis dans ma tête. Cette fille m'a toujours mise mal à l'aise. Toujours cachée dans l'ombre d'Ivy, on en oublie souvent sa présence, et rien ne lui échappe. Ivy est la langue de vipère, et Clara, les yeux de lynx. Il ne faut surtout pas se frotter à elles si on veut avoir une scolarité tranquille.

Sarah et Laura restent assises, l'une prise à partie par Ivy, l'autre voulant finir son repas. La capacité de mon amie à avaler tout et n'importe quoi m'étonnera toujours. De toute manière, ce n'est pas leur genre de perdre du temps dans des rayons remplis de livres. Pour elles, c'est une punition de s'asseoir au milieu d'ouvrages poussiéreux sans avoir la possibilité de discuter alors que dans mon cas, c'est le paradis.

Après avoir déposé les plateaux sur le tapis roulant, Holly et moi sortons de la cafétéria avant de longer le couloir qui nous mène dans le hall.

— Tu as l'air ailleurs, encore plus que d'habitude. Quelque chose ne va pas ?

— Je suis juste un peu fatiguée par les cours, me justifié-je, cachant la véritable raison de mes absences.

— Sûre ? insiste-t-elle doucement, inquiète. Tu sais, on peut aller au dortoir pour parler, si tu as besoin.

Après un instant d'hésitation, j'amorce un pas dans la direction opposée à notre chemin de base. Je n'aime pas me confier, même à Sarah. Et pourtant, j'ai confiance en elle. Seulement, j'ai eu l'occasion de voir les dégâts que cela peut causer. Combien de fois ma mère s'est-elle fait avoir ? Combien de fois ses « amies » se sont-elles retournées contre elle avec le temps ? Je n'aime pas savoir qu'une personne a le pouvoir de me briser entre ses mains. Qu'elle peut, en une fraction de seconde, me détruire en se servant de mes secrets les plus intimes.

Mais parfois, on n'a pas le choix. On en a besoin. Et si, en temps normal, je me tourne vers Sarah, cette fois-ci, il vaut mieux qu'elle reste en dehors de ça. Je connais, de toute façon, déjà son avis sur la question. Quand il s'agit de mes sentiments envers son frère, il vaut mieux ne pas l'impliquer. Cela ne fera que m'enfoncer plus que nécessaire.

Une fois dans la chambre, je me laisse tomber sur mon matelas, près de la fenêtre. Tous les dortoirs sont aménagés de la même manière : quatre lits alignés, quatre bureaux surmontés d'un panneau en liège sur lequel emploi du temps, photos et autres sont punaisés, une armoire commune, des murs d'un blanc poussiéreux. J'attrape M. Cochon et m'installe mon dos calé dans le moelleux de mon oreiller contre le mur, le serrant dans mes bras. Holly ferme la porte derrière elle avant de s'installer à l'autre bout de mon lit. Jambes croisées, elle me laisse le temps de prendre la parole, mais constatant qu'aucun mot ne franchit mes lèvres, elle finit par se décider à faire le premier pas.

— Alors, qu'est-ce qui te préoccupe autant ? Je ne t'ai jamais vue aussi fermée.

— Je… c'est…

Je prends mon visage entre mes mains, n'arrivant pas à parler. Les phrases sont là, pourtant. Elles se bousculent sur le bout de ma langue, tourbillonnent dans ma bouche, mais elles refusent d'aller plus loin.

— C'est à cause d'un garçon, c'est ça ?

Sans m'y attendre, les larmes emplissent mes yeux et commencent à dévaler mes joues comme des skieurs sur la neige. Tout ça à cause du comportement de Will qui m'empêche de dormir correctement depuis la rentrée et qui m'épuise autant mentalement que physiquement. J'avais espéré secrètement que notre discussion lors de son dernier jour chez sa mère changerait quelque chose entre nous, qu'il continuerait sur cette lancée, qu'il se préoccuperait quelque peu de moi. Un espoir qui s'est effondré dès le premier jour d'école. Il m'ignore à chaque fois qu'on se croise, sauf quand Sarah est là. Il me balance alors un « Salut, Emilia ». Juste ça. Quelques lettres assemblées qui veulent dire quelque chose et, en même temps, qui ne veulent rien dire. Ou en tout cas, rien de suffisant.

Holly s'approche et m'entoure de ses bras, maladroitement. Elle n'est pas habituée à réconforter les gens. Ce n'est pas un manque d'empathie de sa part, juste un manque d'occasion. Elle n'a ni frère ni sœur et peu d'amis. On se ressemble sur bien des points.

Elle n'a aucune idée de l'ampleur de la situation, ne comprend pas réellement les tourments qui encombrent mon esprit et mon cœur, mais elle voit ma tristesse et tente de me réconforter, de me soulager avec toute la compassion qu'il lui est possible de transmettre. Je lui en suis reconnaissante, même si ça ne sert à rien.

J'aimerais que ce soit si facile. J'aimerais que ce soit si simple. Que son câlin et son petit « désolé » soient suffisants pour me sortir de là.

Au fil des années, mes sentiments envers Will ont grandi, mûri, se sont renforcés, m'obligeant à devoir faire face à une palette d'émotions parfois de façon inédite. Quand je l'ai rencontré pour la première fois, j'étais juste intimidée par sa présence, n'étant pas habituée à côtoyer des adolescents. Je n'ai pas de frère, je n'ai pas de cousin, je n'avais pas d'ami, et, avant d'intégrer la SCPS et de croiser son chemin et celui de Sarah, j'avais toujours fréquenté des pensionnats exclusivement réservés aux filles. Les seules présences masculines dans ma vie étaient mes beaux-pères successifs et les hommes salués lors des soirées mondaines. Et puis, rapidement, il a commencé à m'intriguer. Mon regard s'est de plus en plus souvent perdu sur lui, jusqu'à connaître par cœur sa manière de rire, sa façon de sourire, l'éclat dans ses yeux. Sans le vouloir, mon cerveau mémorisait chacun de ses gestes, les repassant en boucle le soir dans mon lit. Et puis, quand une fois son diplôme en poche, il a rejoint les bancs de la fac, son absence a créé un poids dans ma poitrine. Sans m'en rendre compte, le voir tous les jours, même de loin, m'aidait à respirer. Et aujourd'hui, c'est devenu insupportable. Cette douleur qui me tourmente chaque seconde me plonge peu à peu dans les ténèbres.

Holly s'éloigne, ses yeux bleus voilés par la peine, et attrape mes mains, serrant mes doigts entre les siens.

— Je suppose que tu n'en as jamais parlé avec lui ?

— Non, lui confirmé-je d'une voix enrouée par les sanglots.

— Pourquoi ? s'enquiert-elle, étonnée. À l'évidence, tes sentiments te font souffrir et rester dans l'incertitude n'arrange pas les choses.

— Je ne supporterai pas de devoir faire face à son rejet, lui expliqué-je. Je sais que c'est idiot, mais tant que les mots n'ont pas été prononcés, rien n'est réel.

— Et s'il ressent la même chose pour toi ? Tu y as pensé ? Tu n'as rien à perdre à tenter ta chance.

J'ai tout à perdre, au contraire, parce qu'il n'est pas question que d'un garçon. Il y a aussi Johanne, Sarah et Josh. J'ai peur qu'en révélant mes sentiments à Will, celui-ci mette encore plus de distance entre nous, et que ma deuxième famille, celle de cœur, celle qui compte le plus à mes yeux, en fasse de même.

— J'aimerais tant pouvoir prendre une gomme et effacer mes sentiments. Ce serait tellement plus simple si chacun d'entre nous reconnaissait son âme sœur directement et réciproquement. Aucune souffrance, aucune douleur.

On aurait juste à vivre une vie pleine de joie. On aurait juste à regarder les jours s'écouler les uns après les autres, ensemble.

— Mais dans ce cas, l'amour serait-il le sentiment le plus puissant au monde ? Si on ne devait pas se battre tous les jours pour être heureux ensemble, cela en vaudrait-il la peine ?

Holly me prend M. Cochon des bras alors que la porte de la chambre s'ouvre sur Sarah et Laura.

Je tente d'effacer les dernières traces de larmes avant que ma meilleure amie ne les voie, mais trop tard.

Ses sourcils se froncent, alors qu'elle m'interroge du regard.

— Vraiment, Mia, tu pleures sans même avoir lu le livre. Petite nature, rit Holly avec un clin d'œil, me sauvant la mise.

20 décembre 2015, 9 h 20

Je remonte mes genoux contre ma poitrine, les entourant avec mes bras, avant de poser ma tête dessus. J'ai toujours su qu'Holly était intuitive. Elle comprenait souvent avant les autres, les relations réelles qui unissaient les gens. Peut-être avait-elle un don, ou peut-être qu'elle était simplement observatrice.

Toujours est-il qu'il ne lui a pas fallu longtemps pour découvrir l'identité de mon amoureux secret. Elle l'aurait même peut-être deviné des années avant si elle n'avait pas intégré le pensionnat au cours de l'avant-dernière année, en l'absence de Will. J'en suis même sûre. Elle était plutôt forte à ce jeu-là.

21 octobre 2012

La lumière inonde soudainement la pièce, nous réveillant toutes les quatre au passage. Janice, notre surveillante attitrée, a pour habitude d'allumer les spots pour nous sortir de notre sommeil sans grande délicatesse. On s'est toujours dit qu'elle devrait être dans une école militaire au lieu d'être ici. Elle a le profil type. Mais même si elle ressemble à une instructrice en chef, elle n'en reste pas moins la surveillante la plus drôle et la plus sympa quand tu es réglo avec elle.

— On se bouge, les filles, crie-t-elle avant de sortir pour passer à la chambre suivante.

Je grommelle et me cache sous l'oreiller, tentant de rattraper des bribes de mon rêve qui s'évapore déjà. Le souvenir de ma conversation avec Holly m'a tenue éveillée une partie de la nuit et, quand enfin le marchand de sable m'a emportée, j'ai plongé dans mon autre vie. Celle où mes mains se perdent dans des cheveux noirs, trop longs pour certains, mais terriblement sexy sur lui. Celle où une voix rauque murmure des mots doux à mes oreilles, me faisant frissonner de plaisir. Cette vie où mon avenir ne dépend pas des désirs de ma mère, mais uniquement de ceux de Will et moi. Ensemble contre le reste du monde. Ensemble dans notre propre monde.

— Allez, Mia, me secoue Sarah, les croissants nous attendent.

Je soupire, sors de sous la couette à contrecœur avant d'enfiler un pull sur mon tee-shirt Harry Potter et de réunir mes cheveux dans un chignon approximatif d'où s'échappent quelques mèches. La direction accepte que pour le petit-déjeuner et le dîner, nous ne soyons pas obligés de revêtir l'uniforme, tant que nous sommes convenablement habillés. Certains n'en tiennent pas compte, ce qui n'est pas mon cas.

— J'espère qu'Ivy et Clara ne vont pas prendre l'habitude de squatter à notre table, marmonne Laura d'une voix fatiguée.

— Ivy a eu ce qu'elle voulait hier, elle ne reviendra que lorsqu'elle souhaitera obtenir d'autres potins, la rassure Sarah, tout en laçant sa paire de baskets.

— Tu devrais tout de même faire attention. Elle pense vraiment avoir une chance avec ton frère. Elle va peut-être essayer de se rapprocher de toi, la prévient Laura en sortant à la suite de ma meilleure amie.

Je reste là, immobile, au milieu de la chambre alors que j'entends Sarah dans le couloir répliquer un « Elle rêve si elle croit que Will risquerait de perdre son boulot pour elle. Il est peut-être con parfois, mais pas à ce point ». Dans mon esprit, et ce même si ma meilleure amie affirme le contraire, un mini film de Will embrassant Ivy, ses doigts agrippant les hanches de ma camarade de classe, défile comme la bande-annonce de la prochaine sortie ciné.

— Will, réalise Holly dans un souffle, celui que tu aimes, c'est lui, n'est-ce pas ?

Les images volent en éclats, me libérant de leurs emprises. Je n'ai pas besoin de parler. Elle connaît déjà la réponse.

Il y a bien longtemps que j'ai cessé d'être une enfant.

Emilia

Des éclats de rire me parviennent de l'extérieur, malgré la fenêtre fermée. Ça a toujours été un problème dans cet appartement, mais aujourd'hui, ça me donne l'impression d'être moins seule. Intriguée, je me lève, abandonne M. Cochon sur le fauteuil et repousse légèrement le rideau. Appuyée contre le mur, récemment repeint en gris, j'observe la rue à travers la vitre. Un étage plus bas, les trottoirs commencent à s'animer, l'agitation habituelle d'un milieu de matinée en période de vacances. Des parents épuisés discutent un gobelet fumant à la main, leur respiration provoquant de petits nuages de fumée, alors que leurs gamins courent dans le parc d'à côté, contents de ne pas être à l'école. Un peu plus loin, un couple d'adolescents se tient chaud, blotti l'un contre l'autre sur les marches en pierre séparant le Starbucks du pressing. Ils me font penser à nous, emmitouflés dans leurs épais manteaux d'hiver, leur écharpe et leur bonnet colorés, inconscients au monde qui les entoure. J'ai l'impression de nous revoir, quelques mois en arrière, en les regardant s'embrasser et se chamailler comme des enfants. Même si on a du mal à le croire, en voyant le comportement de Will à l'heure actuelle, nous avons été comme eux, heureux, insouciants, amoureux. J'ai toujours été folle amoureuse de lui. Je suis toujours folle amoureuse de lui. Le chemin n'a pas été sans encombre, mais nous avons fini par y arriver, par nous trouver, par nous lier.

L'adolescent écrase une poignée de neige sur le visage de sa petite amie, et n'a pas le temps d'échapper à la vengeance de celle-ci. Malgré moi, les voir ainsi me donne le sourire. Je ne les connais pas, je n'ai aucune raison de vouloir leur bonheur, et pourtant, mon cœur s'allège quelque peu en les regardant jouir de la vie en toute innocence.

Après quelques minutes à jouer comme des enfants, leurs rires se taisent. Les doigts gantés du garçon extraient un paquet de sa poche avant d'en sortir une cigarette qu'il dépose entre ses lèvres. Après plusieurs tentatives infructueuses, la flamme de son briquet parvient à rester quelques secondes à vaciller sans s'éteindre. Juste le temps requis pour qu'il allume la cigarette avant de la tendre à sa copine. Celle-ci s'en empare sans hésiter, prête à obtenir la dose de nicotine indispensable à son organisme.

J'ai l'impression qu'une force supérieure joue avec mes sentiments, qu'on s'amuse à me renvoyer aux évènements qui ont tout changé entre Will et moi. Comme si revoir notre passé était nécessaire pour comprendre notre présent, pour comprendre son éloignement.

15 novembre 2012

Le dortoir est calme, plongé dans un silence profond quelque peu perturbé par les grincements de lits, les ronflements, et la playlist de mélodies reposantes diffusées dans mes oreilles censées m'aider à m'endormir. Sarah, Laura et Holly n'ont eu aucun mal à trouver le sommeil, elles. Ce n'est pas mon cas. Malgré ces sons réconfortants, je ne cesse de me tourner et me retourner depuis des heures, sans parvenir à rejoindre le pays des rêves. Pourtant, cette journée n'a rien eu d'exceptionnel. Les cours habituels, les mêmes moments entre amis, rien qui n'a dérogé à ma routine. Et demain, ce sera la même. Il n'y a pas d'examens importants, pas de prises de paroles prévues. En soi, il n'y a aucune raison pour que mon esprit ne me laisse pas tranquille et s'éteigne pour me laisser sombrer dans un repos amplement mérité.

— D'accord, j'ai compris, j'abandonne, grommelé-je entre mes dents en réponse à ce satané marchand de sommeil qui refuse de faire son travail.

Et qui doit bien se marrer de me voir m'entortiller dans mes draps comme un burrito en ronchonnant après lui.

Je retire mes écouteurs, coupe mon baladeur avant de me lever sans bruit, dénouant mes muscles endoloris. Quelle plaie, cette insomnie ! Je lève mes bras, les étirant un maximum, faisant craquer au passage les os de mes épaules. Sarah bouge dans son lit. Pendant quelques secondes, j'ai l'impression de l'avoir réveillée, mais non, elle a toujours les yeux obstinément clos. Chanceuse ! J'attrape la veste qui traîne en bas de mon lit et qui par miracle n'a pas atterri sur le sol. Paire de baskets en main, j'avance jusqu'à la porte, l'entrouvre délicatement, et jette un coup d'œil avec prudence. Personne à gauche. Personne à droite. Le couloir est désert. Seule l'obscurité est présente. Sans perdre une seconde, je file comme une flèche vers l'escalier en pierre, mes pieds nus glissant sur le sol, et continue ma course jusqu'à me glisser dehors, refermant le battant doucement dans mon dos. Victoire ! L'air frais agresse ma peau aussitôt, et j'en profite quelques secondes. Après des heures dans la chaleur moite de la chambre, ça fait du bien. Jusqu'à ce que le froid me fasse frissonner, signe qu'il vaut mieux me couvrir pour ne pas être malade dans les prochains jours. J'enfile ma veste, remonte la fermeture éclair jusqu'au cou, et mets mes chaussures avant de sauter par-dessus la balustrade. Je me glisse sur le sol, contre le mur du pensionnat, profitant de la végétation pour me cacher des autres. La prudence est de mise, même si, jusqu'alors, mes petites sorties nocturnes n'ont jamais été dérangées.

Et pourtant, cette habitude ne date pas d'hier. Elle a commencé peu de temps après mon arrivée, quand m'isoler était nécessaire pour ne pas craquer.

Je ferme les yeux, profitant de la caresse du vent sur mon visage. Quelques minutes. Juste quelques minutes avant de remonter et de tenter à nouveau de convaincre le marchand de sable de m'embarquer avec lui.

Un claquement me fait sursauter. Mince ! J'ai dû m'endormir. Un coup d'œil à ma montre me le confirme, même si ma sieste n'a duré qu'une vingtaine de minutes. Je lâche un soupir de mécontentement, comme si le responsable n'était pas qu'une chimère, mais un être de chair et de sang qui pouvait m'entendre. Maintenant, il va falloir faire face à la personne venue me rejoindre avant de retourner dans mon lit.

À travers les buissons, j'aperçois une silhouette en bas des marches, légèrement éclairée par un lampadaire qui reste allumé toute la nuit. Je le reconnais sans aucune difficulté. Sur tous les surveillants, il a fallu que ce soit lui. Paméla m'aurait laissé rentrer sans souci, Fred m'aurait fait un sermon en essayant de paraître sérieux avant de me laisser filer. Janice aurait peut-être laissé couler juste cette fois-ci, avec un avertissement. Will risque de me mettre les heures de colles prévues par le règlement, juste parce ce qu'il en a le droit. La poisse !

Je vais devoir attendre qu'il parte. Il ne devrait pas rester longtemps. Sauf que la chance n'est pas de mon côté, comme depuis le début de la soirée. Il ne semble pas presser de rentrer, vu qu'il sort un paquet de cigarettes de sa poche. Je ne savais même pas qu'il fumait. Il ne l'a encore jamais fait en ma présence. Est-ce que les autres sont au courant, ou est-ce l'un de ses vilains secrets ?

Je reste là, sans bouger, à le fixer, tentant de me faire la plus discrète possible, et ferme à nouveau les paupières, essayant de rattraper le sommeil qui s'est enfui.

— Je peux savoir ce que tu fais dehors à cette heure, Emilia ?

J'ouvre brusquement les yeux, persuadée de découvrir son regard perdu sur mon visage, prise en flagrant délit, mais il n'a pas bougé d'un pouce. Toujours en train de fixer l'horizon devant lui. Est-ce que j'ai rêvé ?

— Tu as donné ta langue au chat ? me demande-t-il, amusé, tournant sa tête dans ma direction.

Non, je la garde pour toi, pensé-je aussitôt, avant de secouer la tête, dépitée de ne pas avoir le courage de répliquer à voix haute, de lui clouer le bec, pour une fois.

— Emilia ?

Le ton de sa voix n'est pas empli de sollicitude ni d'inquiétude, il est neutre. Tout comme les traits de son visage. Il m'observe, me questionne, mais mon silence n'a pas l'air de le préoccuper plus que ça, en réalité.

Désabusée, je déplie mes genoux et me redresse, sortant de ma cachette.

— Tu en aurais une pour moi ? lui demandé-je, préférant opter pour autre chose que de répondre à sa question initiale.

— Une quoi ? m'interroge-t-il, à côté de la plaque.

Je pointe le mégot qu'il est en train d'écraser sous son pied. Son regard suit la direction de mon doigt avant de revenir sur mon visage. Juste un instant durant lequel une lueur apparaît dans ses yeux. Je n'ai cependant pas le temps de m'y attarder et de comprendre. Elle disparaît presque aussitôt. Il allume une autre cigarette avant de finalement me tendre le paquet avec une pointe de défi, l'air de dire « Tu n'oseras pas ». Sans réfléchir, je saisis mon péché mignon que son briquet vient d'allumer directement à sa bouche. Les traits de son visage expriment brièvement l'étonnement avant qu'un léger sourire taquine ses lèvres.

— Emilia qui sort en douce et qui fume, la petite fille devient grande, dis-moi, se moque-t-il, les yeux rieurs. Ce sera quoi la prochaine étape ? Traverser en dehors du passage piéton ? Voler un paquet de bonbons ?

Je détourne la tête, tirant une bouffée, tâchant de ne pas paraître atteinte par son comportement, par ses railleries non voilées.

— C'est tout de même pas de chance, remarque-t-il, amusé. Tu te fais choper dès ta première tentative de rébellion.

— Qui te dit que c'est la première fois ? répliqué-je, d'un ton sans appel, sans pour autant avoir le courage de le fixer dans les yeux.

— Je ne t'ai jamais vue pourtant, riposte-t-il, moqueur.

Ce n'est pas étonnant, vu que ma dernière sortie sauvage date de l'année dernière, quand Will n'était plus là. Je pourrais le lui dire, me défendre contre ce ton qui insinue que mes mots sont des mensonges. Mais pourquoi perdre du temps ? Qu'est-ce que ça changera ? Rien. Il ne me croirait pas de toute manière.

— Alors, pourquoi as-tu choisi cette nuit pour enfreindre les règles ?

— Je pourrais te retourner la question, lâché-je après avoir inspiré une nouvelle bouffée, tout en osant un léger coup d'œil dans sa direction.

— Tu pourrais si j'étais un élève. En tant que surveillant, j'ai le droit d'être ici, contrairement à toi, note-t-il, en haussant un sourcil.

— En tant que surveillant, tu as surtout le devoir de « surveiller » et non pas de prendre une pause cigarette avec une des élèves, lui fais-je remarquer, avant de lâcher mon mégot.

Will lâche un petit « 1 point pour toi » entre deux rires qui me donnent immédiatement le sourire. Malgré son attitude, cette soirée m'aura apporté son lot de bonnes surprises et surtout, plus d'un point. Je n'ai jamais autant parlé avec lui, j'ai réussi à me comporter presque normalement et même à lui tenir tête. Enfin, un peu.

— Alors, que fais-tu hors de ton lit ? Un amoureux secret à retrouver, peut-être ? Ou une amoureuse, qui sait ?

— Non, m'empressé-je de le détromper, sans pouvoir m'empêcher de sentir le rouge me monter aux joues.

Car, en réalité, même si ce n'était pas l'objectif de base, c'est tout de même ce qui se passe. Je suis en ce moment même avec mon amoureux secret. C'est juste que celui-ci ne le sait pas.

— Insomnie, me contenté-je de lui dire comme explication.

— Pourquoi ? Qu'est-ce qui t'empêche de dormir ? Ce n'est pas la période des examens, pourtant ?

Comme si mes notes étaient la seule chose susceptible de m'accaparer suffisamment l'esprit pour rester éveillée. Car même si j'ai tout mis sur le dos du marchand de sable, en réalité, je sais parfaitement ce qui m'empêche de sombrer dans le sommeil.

— Parce que je me sens seule, rétorqué-je, agacée. Parce que quand le sommeil m'envahit, mes défenses s'effondrent et que le réveil s'avère souvent brutal.

Il me dévisage, intrigué par ma réponse et peut-être aussi par mon emportement. Je les entends, mes mots qui passent en boucle dans son esprit, sans qu'il parvienne réellement à en comprendre l'ampleur. Il ne peut pas savoir ce que c'est que de vouloir ne jamais quitter le monde des rêves et de sentir son cœur se fissurer un peu plus à chaque retour dans la réalité.

— Tu devrais lâcher prise, Emilia. Tu devrais t'amuser, profiter de la vie, sans te prendre la tête comme ça. Tu n'es encore qu'une enfant.

— L'âge ne se mesure pas en années, Will, riposté-je en colère. C'est une notion arbitraire. L'âge se détermine par ton histoire, par ton vécu. Ce n'est pas seulement un chiffre sur des bougies d'anniversaire.

Désabusée, je le plante là, grimpant les marches avant d'ouvrir la porte et de lui lancer par-dessus mon épaule.

— Il y a bien longtemps que j'ai cessé d'être une enfant. Un jour, peut-être, t'en rendras-tu enfin compte ?

Je ne me retourne pas, je ne lui laisse pas le temps de me répondre. Je me contente de disparaître et de remonter dans ma chambre, l'ombre de mon sourire s'étant évanoui dans la nuit.

20 décembre 2015, 9 h 42

Un bruit de serrure emporte cette réminiscence qui s'évapore dans les airs. Les flocons tourbillonnent à une vitesse folle dans la lumière du matin, s'accrochant à la fenêtre, m'empêchant de distinguer la rue et par la même occasion, le couple d'adolescents. Est-ce qu'ils sont rentrés se mettre à l'abri ? Est-ce qu'ils ont décidé de profiter encore, se défiant à coup de boules de neige ou préférant faire un bonhomme avec des boutons pour les yeux et une carotte pour le nez ? Comme des gosses, avec cette part enfantine qu'ils ont toujours en eux. Que j'avais toujours en moi, même si je ne le réalisais pas.

Je ne supportais pas qu'il me voie comme une enfant, comme une gamine trop jeune pour lui. Je pensais que ça l'empêchait de faire un pas dans ma direction, que ça bridait ses sentiments à mon égard. Je voulais qu'il me voie comme l'adulte que je pensais être, capable de dire « je t'aime ». Qu'il voie que mon âge n'était pas un frein à une possible histoire entre nous. Je n'avais pas compris qu'en réalité, ce qu'il me fallait, c'était qu'on reste des enfants, tous les deux. Qu'on laisse de côté le monde des adultes. Pour profiter de la vie ensemble et ne pas grandir trop vite.

J'étais tombée amoureuse d'une image, d'un inconnu.

Emilia

20 décembre 2015, 9 h 42

Je quitte la chambre en courant, alors que la porte claque, prête à étreindre Will, à lui demander pardon, peu importe la raison de notre éloignement. Je n'en connais pas la cause, mais je m'en fiche. Même si je ne suis peut-être pas en tort, je veux juste le serrer de toutes mes forces pour ne plus le laisser partir, et lui murmurer encore et encore « je t'aime ». Tout faire pour qu'on reste ensemble tous les deux. Seulement, en déboulant dans le salon, mon corps se stoppe brutalement en découvrant Sarah à la place de mon petit ami. Je ne m'attendais pas à sa présence. Le regard éteint, elle me fixe sans un mot.

— Qu'est-ce que… où est Will ? m'écrié-je, fatiguée de ne rien comprendre.

Sans prendre la peine de me répondre, elle détourne le visage et pose ses yeux sur un ensemble de cadres accrochés au mur. Certains nous représentent en uniformes à l'époque du pensionnat. Sur d'autres, toute la famille est présente : Johanne, Josh, Sarah, Will et moi. Il n'y en a aucune de ma mère, aucune de mes beaux-pères. Ce n'est pas eux qui comblent mon cœur de leur présence, même si, aujourd'hui, celui-ci semble vide d'amour.

— Combien de fois t'ai-je dit de l'oublier, de rester loin de lui ? Tu n'as rien écouté, et aujourd'hui…

Elle se tait un instant, à la recherche de ses mots, les yeux débordant de larmes. Qu'est-ce qu'elle veut dire ? Pourquoi revient-elle sur le passé ? Je pensais qu'on avait tiré un trait dessus depuis le temps.

— Cette histoire était vouée à l'échec, je te l'avais dit, même si je n'aurais jamais cru que ce soit toi qui le fasses souffrir de la sorte.

Mon cœur rate un battement dans ma poitrine. Comment ça, le faire souffrir ? C'est lui qui m'a abandonnée. C'est lui qui m'a laissée seule, perdue dans mes sentiments éprouvés.

Ses doigts effleurent une photo de Will, prise en cachette à un moment de ma vie où il me semblait encore inaccessible. Il l'a tout de suite adorée en la voyant la première fois. Il ne m'en a jamais voulu de lui avoir volé cette image.

— Pourquoi ? me demande-t-elle, un sanglot dans la voix. Pourquoi tu l'as changé si c'est pour le faire souffrir comme ça ? Il n'avait plus de cœur, Mia. Et toi, tu lui en as redonné un. Tu l'as fait tomber amoureux de toi, tu lui as ouvert une autre voie, montrer un autre chemin. Et aujourd'hui, il en paye le prix.

Je m'approche d'elle, mais avant d'avoir pu l'atteindre, elle attrape un papier sur la console de l'entrée et se dirige vers la porte.

— Je t'en veux, Mia. Je t'en veux, et je m'en veux pour ça, car je sais que tu n'as pas voulu ça. Parce que je sais qu'au fond, tu dois souffrir autant que lui.

Elle sort aussitôt de l'appartement, sans se retourner une dernière fois.

Je me retrouve seule, alors que ses mots résonnent dans ma tête et font écho à un autre moment de ma vie. Celui où Sarah a réellement compris l'ampleur de mes sentiments pour son frère.

20 novembre 2012

Les jours défilent entre les cours et mes visites à la bibliothèque du pensionnat, comme les autres années. À quelques détails près. Sarah a presque disparu de mon champ de vision. Depuis qu'elle a officialisé avec Harry, elle a encore moins de temps à me consacrer. Elle n'en avait déjà pas beaucoup avec ses options, ça revient à dire qu'on se voit à quelques repas et quelques minutes avant de se coucher. Et là où sa sœur s'est éloignée, Will s'est considérablement rapproché. Et ce, depuis notre rencontre nocturne. Même si l'on ne passe réellement pas plus de temps ensemble. Ce sont juste nos chemins qui se croisent plus souvent, juste quelques mots échangés, là où il n'y avait avant que des silences. Ce qui me détruit à petit feu. Comme s'il tirait sur une cigarette, sa présence me consume progressivement, sans me laisser aucune chance.

Je lève la tête de mon livre, étirant mon cou de gauche à droite, et rencontre le regard d'Holly. Celle-ci glisse son doigt sur son téléphone et me montre l'écran allumé.

— 4 minutes et 38 secondes, lis-je à voix basse.

— C'est le temps qu'il t'a fallu pour te rendre compte de ma présence, m'explique-t-elle, sans une seule once de reproche dans la voix. Je ne savais pas que les mathématiques pouvaient être passionnantes à ce point, continue-t-elle, amusée.

— Passionnantes, non, mais obligatoires, oui, la contredis-je dans un soupir. Ce devoir est à finir pour demain et je n'y comprends absolument rien, achevé-je en me tapant le front sur la table.

Un geste qui fait plus de bruit que prévu et qui me donne droit à de nombreux regards désapprobateurs. Et notamment celui de la bibliothécaire qui est debout près d'une rangée de livres à quelques pas de nous. Je m'excuse en lui lançant un sourire désolé.

— Sarah ne te donne pas un coup de main, normalement ?

— Maintenant, elle est trop occupée à fourrer sa langue dans la bouche d'Harry, sifflé-je, les dents serrées.

Holly hausse un sourcil, perplexe.

— Ne te méprends pas, je suis super heureuse pour elle. C'est juste que sa présence me manque et son absence me laisse trop de temps pour ruminer mes sombres pensées.

— C'est à cause de Will ? Tu veux en parler ?

La première réponse qui me vient en tête est un « non » ferme et définitif. Parler ne m'apportera rien, mais en voyant l'inquiétude se peindre sur le visage d'Holly, une petite voix m'ordonne de ne pas continuer de me taire, de me confier. De la rassurer sur mon état d'esprit tout en partageant mon fardeau. Après tout, ça m'aidera peut-être, ça me soulagera quelque peu.

Je désigne la sortie d'un mouvement de la tête avant de rassembler mes affaires en silence et de me lever. La bibliothèque n'est pas l'endroit le plus propice à ce genre de discussions. Le silence qui y règne permet facilement aux murs de laisser traîner leurs oreilles, et je n'ai pas envie que tout le monde soit au courant de mon secret. Être le personnage principal des ragots de l'école n'est pas dans mes objectifs de vie. Encore moins quand le secret en question déambule lui aussi dans les lieux.

Nous longeons le bureau des directeurs, comme nous le nommons entre nous à cause des tableaux accrochés tout le long représentant les différents directeurs de la SCPS. Arrivées au bout, nous traversons la passerelle menant aux dortoirs. Sans même nous concerter, une fois dans notre chambre, nous reprenons la même place que lorsqu'elle a su qu'un homme hantait mon cœur. Comme si nous n'avions jamais cessé cette discussion.

— Qu'est-ce qui se passe avec Will ? commence-t-elle, brisant le silence. Tu lui as avoué tes sentiments ?

— Je n'ai pas eu besoin de le faire.

— Tu veux dire qu'il a deviné tout seul, dit-elle, étonnée. Comment…

— Non, ce n'est pas ça, la détrompé-je, rapidement, en lui coupant la parole. C'est juste que… Comment t'expliquer ? Jusque-là, il ne l'avait jamais réellement dit. Je le savais au fond, je le sentais dans sa manière d'être, mais là, l'entendre dans sa bouche, ça a tout réduit à néant. Pour lui, je ne suis qu'une enfant. Il ne me verra jamais autrement.

— Tu comptes faire quoi ?

— Faire ? répété-je, sans comprendre.

— Oui, tu sais, le verbe « faire ». Tu connais le sens de ce mot, tout de même.

— Qu'est-ce que tu veux que je fasse ? répliqué-je, ignorant son sarcasme. Ce n'est pas comme si je pouvais l'attacher et le forcer à m'aimer.

— Tu vas donc en rester là et continuer à te morfondre pendant les semaines, les mois, voire les années à venir.

Elle se rapproche, pose un doigt sous mon menton et m'oblige à relever la tête que je n'avais même pas réalisé avoir baissée.

— Te laisser dépérir ne changera rien, Mia. Tu dois te reprendre en main, et pour commencer, tu vas arrêter de te cacher à la bibliothèque pour te tuer à la tâche.

Elle m'arrache M. Cochon des mains avant de continuer avec un sourire diabolique sur les lèvres.

— Ensuite, tu vas montrer à Will ce qu'il perd. Tu es une fille géniale, Mia. Tu dois juste apprendre à t'ouvrir à de nouveaux horizons. Je connais plus d'un garçon qui ne serait pas contre l'idée de sortir avec toi.

— Ce n'est pas une bonne idée, Holly, objecté-je avec une grimace. Je n'ai pas envie de sortir avec quelqu'un d'autre, j'aurais l'impression de me servir de lui.

— Tu dois profiter de la vie. Apprendre à connaître d'autres personnes et peut-être tomber amoureuse de quelqu'un d'autre. Le but n'est pas de faire changer le regard que Will pose sur toi, mais celui que tu poses sur lui.

— Et si je ne suis pas prête pour ça ?

— Tu l'aimes donc à ce point, mon frère ?

La voix de Sarah nous prend par surprise, nous faisant bondir du lit, comme pris en faute. L'une comme l'autre, nous ne l'avons pas entendue arriver. Mes dents triturent ma lèvre inférieure, alors que je l'observe, mal à l'aise. Elle ne semble pas fâchée ni en colère, juste triste. Je ne parviens pas à savoir pourquoi. Est-ce parce que je ne me suis pas confiée à elle ? Ou est-ce parce qu'elle prend seulement conscience de la dimension réelle de mes sentiments ? Avant de pouvoir lui demander, elle s'approche et enroule ses bras autour de mon corps.

— On est dans la merde, alors, murmure-t-elle, en me serrant fort contre elle. Will est incapable d'aimer, Mia. Mon frère n'a plus de cœur.

20 décembre 2015, 9 h 57

Mes jambes ne me portent plus, se dérobant sous mon poids, et mon corps bascule dans le canapé. C'est à ce moment précis que j'ai compris que ma meilleure amie ne cherchait qu'à me protéger, qu'à jouer son rôle. Elle a été la première à me mettre en garde pour Will, mais pas la dernière. Quelques semaines plus tard, Josh a tenu des propos similaires.

22 décembre 2012

Comme à chacun de nos départs pour les vacances, Sarah et Laura hissent leur valise sur leur lit et se place chacune à côté avant de compter jusqu'à trois et de commencer leur partie de basket-ball avec leur linge en guise de ballon. C'est à celle qui ira le plus vite pour tout ranger. Leur manière à elles de faire leur bagage.

Holly et moi sommes plus traditionnelles. Pendant qu'elles s'exécutent en criant, riant et parfois même en maudissant la Terre entière quand elles loupent un « panier », nous plions soigneusement nos affaires, triant celles qui sont sales de celles qui sont propres.

Sarah lance un « Gagné » tonitruant et, sous nos regards amusés, elle effectue sa danse des vainqueurs. Bras en l'air, elle tourne sur elle-même encore et encore, de plus en plus vite, jusqu'à s'effondrer sur le sol, en s'esclaffant comme une enfant. Ai-je l'air aussi joyeuse qu'elle parfois ? J'ai l'impression que non, et même lorsque je tente de me laisser aller, je ne suis jamais totalement heureuse. Comme si quelque chose m'en empêchait. Est-ce dû à mon éducation, à la manière dont ma génitrice et mes précepteurs m'ont rabâché à longueur de temps de faire attention au jugement des autres ?

Laura finit sa valise avec le sourire, non sans lui lâcher un « La prochaine fois, je t'aurai, Sarah. Prépare-toi à mordre la poussière ».

— Attention, petite sœur, les blouses blanches vont finir par venir frapper à ta porte, si tu continues comme ça, raille Josh, appuyé contre le battant de notre chambre.

— Qu'ils viennent, je leur donnerai ton adresse, rétorque sa sœur, les yeux pétillants de joie.

Josh lui tire la langue en réponse, tout en avançant d'un pas. Sarah attrape la main qu'il lui tend et se relève avant de lui sauter dans les bras. Sans attendre, il la serre une minute contre lui dans une étreinte à briser ses os, avant de la redéposer, pieds sur le sol.

— Vous avez fini ? nous demande-t-il, en observant nos affaires.

— Oui, acquiesce-t-elle en saisissant sa valise.

— Parfait, parce que Will nous attend déjà en bas.

Sarah plante un baiser sur la joue d'Holly et de Laura, pour leur dire au revoir, avant de sortir dans le couloir.

— Après vous, jeune demoiselle, m'indique-t-il, amusé, avec une sorte de révérence foirée qui me fait lever les yeux au ciel.

Je salue les filles d'un geste de la main en leur souhaitant de « Bonnes fêtes » avant de rejoindre ma meilleure amie. Aussitôt, Josh passe un bras autour de mes épaules tout en ébouriffant mes cheveux. C'est une habitude qu'il a tout de suite adoptée, à mon grand désespoir. À l'inverse de Will, Josh ne m'a jamais repoussée, a toujours tout fait pour m'intégrer dans cette famille qui n'est pas la mienne. Et même si j'apprécie ses efforts, je me passerais volontiers de certaines choses.

— Alors, petite Mia, qu'as-tu demandé au père Noël, cette année ?

Avant que je ne puisse répondre, il se penche un peu plus, jusqu'à ce que son souffle effleure mon oreille avant de continuer :

— Y a-t-il autre chose que Will sur ta liste ? chuchote-t-il, me prenant par surprise.

Mon cœur déraille sous le choc et ma gorge se noue sous la vérité qu'impliquent ses paroles. Josh se décale, non sans m'observer en détail, avant de reporter son attention sur sa sœur qui ne nous a pas attendus et a pris de l'avance. Toujours rattachée à lui par son bras posé sur mes épaules, mes pieds suivent sa cadence sans réfléchir.

Josh est au courant. C'est une certitude. Ce n'était pas qu'une blague pour me mettre mal à l'aise, il n'a pas esquissé le moindre début de sourire.

Qu'est-ce qui a foiré ces derniers mois ? J'ai pourtant réussi à garder ce secret enfoui pendant des années. Sarah a toujours été dans la confidence, mais c'était la seule. Et aujourd'hui, Josh le sait, Cassie aussi, et Johanne n'en est pas loin. Combien de temps faudra-t-il à Will pour s'en rendre compte maintenant ?

Combien de secondes me reste-t-il avant que cette réalité que j'ai construite se brise et que tout le monde commence à s'éloigner ?

— Respire, Mia, me sermonne Josh, doucement. Tu es encore plus pâle que d'habitude, même si c'est difficilement possible. Si j'avais su que ça t'affligerait à ce point, je ne t'aurais pas fait part de mes soupçons.

C'était donc un test. Quelques mots pour évaluer ma réaction. Et j'ai foiré comme il faut. Il a eu confirmation de ses doutes en à peine une seconde.

Josh arrête de marcher, me contraignant à en faire de même, avant de poser un doigt sous mon menton pour m'obliger à le regarder dans les yeux. C'est une chose que je n'aime pas et que j'évite de faire, car si Josh et Will sont aussi différents que le soleil et la lune, leurs regards, eux, sont identiques, avec ces iris propres à eux deux, un mélange unique de vert et de marron.

— Loin de moi l'idée de me mêler de ta vie, Mia, et c'est apparemment trop tard pour te demander de ne pas tomber amoureuse de Will, mais, crois-moi, reste éloignée de lui. Tu ne le connais pas. Enfin, pas entièrement. Tu n'as vu qu'une facette de lui.

Josh me fixe, peiné.

— Il est brisé de l'intérieur, Mia. Totalement. Et personne ne pourra jamais le réparer. Amanda y a veillé.

Sans d'autres explications, Josh me lâche et continue son chemin à grandes enjambées, me laissant seule

avec le poids de ses mots qui me comprime la cage
thoracique et écrase mon cœur.

20 décembre 2017, 10 h 03

Amanda. Un prénom aussi tranchant qu'une lame de
couteau. Amanda. Celle qui avait brisé Will. Amanda.
Celle qui avait eu le droit à son amour.
Je n'avais pas réellement compris les mises en garde
de Josh et Sarah. Ou, je n'avais pas voulu les
comprendre plutôt. Et j'ai fini par ne plus pouvoir me
voiler la face. Will n'avait rien de l'homme doux qui
peuplait mes rêves. Il n'avait rien à voir avec l'image
qu'il renvoyait aux autres. Will aimait faire du mal,
volontairement. Comme on lui en avait fait. Il
n'éprouvait aucun regret à piétiner les sentiments des
autres. Pour lui, c'était un passe-temps. Un jeu dont il
était le seul à connaître les règles. Un jeu que lui seul
amusait.
J'étais tombée amoureuse d'une image, d'un inconnu.
Pourtant, je n'ai jamais renié mes sentiments. Car,
malgré tout, ils étaient réels.

Le premier cadeau de sa part.

Emilia

Depuis le départ de Sarah, je n'ai pas bougé du canapé, blessée par son comportement. D'abord Will, puis Josh et maintenant elle. Qu'ai-je donc fait pour mériter ce sort ? Pourquoi ont-ils tous décidé de m'ignorer ?

Une douleur commence à s'installer au niveau de mon ventre et s'intensifie à mesure que les secondes et minutes s'égrènent. C'est une sensation étrange ! Ce n'est pas comme d'habitude, comme quand la faim me tiraille de l'intérieur et que mon estomac sonne le rappel. C'est différent et cela ressemble plus à ce qu'on ressent quand on est blessé. Mes mains se portent instantanément sur mon corps, persuadée de le sentir se recouvrir d'un liquide poisseux. Rien. Ce n'est pas étonnant, pourtant un immense soulagement m'envahit en les apercevant vierges de mon sang.

C'est la faim, cela ne peut être autre chose de toute manière. Je suis juste déphasée, bouleversée et goûte les sensations autrement. C'est juste cette histoire qui chamboule mes sens.

Je lâche un petit cri en sentant une nouvelle attaque.

Pliée en deux à cause d'une crampe, je me lève et rejoins la cuisine à quelques mètres de là. Je n'ai rien avalé depuis hier matin, et j'aurais pu continuer ainsi, mais pour chasser cette douleur, je n'ai pas le choix de remplir un minimum l'estomac. Et puis, peut-être que manger me permettra d'y voir plus clair, de dissiper cette brume qui entoure toujours mon cerveau.

Je me laisse tomber sur une des chaises hautes métalliques qui côtoient le comptoir sur lequel traîne une tasse noire à côté d'un sachet de beignets au chocolat. Will n'a pas pris le temps de débarrasser, ça ne lui ressemble pas. Pas plus que la tasse remplie à moitié de café froid. Même quand il est en retard, il le termine toujours, n'étant pas capable, selon lui, de fonctionner sans sa dose parfaitement calculée. C'est comme s'il avait été surpris au milieu de son repas et qu'il était parti précipitamment. Je remarque d'ailleurs que mon verre est toujours dans l'évier, là où je l'ai déposé hier matin avant de partir à toute vitesse, à la bourre.

Je reste un moment immobile devant cette vision. J'ai l'impression d'avoir la réponse à toute cette histoire sur le bout de la langue, qu'elle ne cherche qu'à sortir. Et pourtant. J'ai beau me concentrer, je n'y arrive pas. Il m'est impossible de formuler mon idée, cette vérité indéniable qui préfère se taire.

N'ayant rien d'autre à faire, je glisse ma main vers le sachet, avant de suspendre mon geste en apercevant un livre abîmé et corné posé sur le plan de travail. Qu'est-ce qu'il fait là ? Je suis certaine de ne pas y avoir touché depuis des mois. Je me suis replongée dedans au début de l'automne, et depuis, il est resté rangé sur une étagère à prendre la poussière.

Pourquoi Will a-t-il eu besoin de le sortir de la bibliothèque ? Pourquoi l'a-t-il déposé dans la cuisine, au lieu de le laisser à sa place ? Ce n'est pas comme si mon petit ami avait l'habitude de se perdre dans les pages d'un livre.

Ma main change de direction et caresse la couverture du bout des doigts tandis qu'un souvenir d'un autre espace-temps tourbillonne dans ma tête.

24 décembre 2012

Sarah récupère plusieurs décorations dans le carton alors qu'au pied du sapin, un petit père Noël danse de manière abrupte sur Merry Christmas. Soit les piles commencent à rendre l'âme, soit il est censé représenter le gros bonhomme rouge version alcoolisée. En tout cas, c'est toujours mieux que celui inexistant au pied du sapin inexistant dans le salon de ma mère. Elle se contentait de m'emmener dans un restaurant chic, extravagant, le soir du réveillon et de me payer un dîner hors de prix. Nous étions pratiquement seules, et à chaque fois, je me sentais désolée pour ceux qui devaient travailler pour nous servir au lieu d'être chez eux. Ma génitrice n'a jamais eu le sens de la famille, ce n'est pas étonnant qu'elle n'ait donc jamais compris l'intérêt de cette fête familiale. J'aurais tout de même aimé qu'elle fournisse un effort pour m'offrir, ne serait-ce que pour une soirée, un réveillon comme tout le monde.

J'aperçois Josh avancer à pas de loup dans le dos de sa sœur, le doigt posé sur sa bouche, m'intimant au silence. Contenant difficilement mon sourire, je baisse la tête pour le cacher et ne pas le trahir aux yeux de ma meilleure amie alors qu'il se jette sur elle, l'emprisonnant en l'enroulant dans une guirlande électrique.

— Josh, rouspète-t-elle doublement sous ses éclats de rire. J'ai passé des heures à tous les démêler, t'abuses.

— Tu n'as plus qu'à recommencer, réplique-t-il avec un clin d'œil, malicieux, avant de l'abandonner à son sort.

Johanne les regarde tendrement, un chocolat chaud à la main. Elle, au moins, est heureuse d'avoir ses enfants auprès d'elle. Elle l'est toujours. Je crois même que si elle pouvait, elle ne les laisserait jamais partir.

— Pas touche, réprimande Johanne en tapant la main de Josh qui s'est emparé d'un morceau de guimauve. Occupe-toi d'abord de finir ce sapin, et évite de le confondre avec ta sœur si tu veux finir plus vite.

— Hé ! s'indigne-t-il, je ne suis pas un lutin, j'ai le droit à une pause. C'est dans la loi.

— Tu viens à peine d'arriver. Tu n'as même pas encore commencé à nous aider, lui fait-elle remarquer.

— J'ai besoin de prendre des forces, argue-t-il en volant un autre morceau de guimauve avant de se mettre hors d'atteinte de sa mère.

Tout en observant la scène du coin de l'œil, je hisse un nouveau carton sur la table basse. Même si participer à la décoration de la maison me rend quelque peu triste, cela m'aide aussi à avoir l'esprit occupé et à éviter de penser au fait que ma génitrice m'a une nouvelle fois abandonnée. Et puis, j'ai aussi un peu l'impression de faire partie totalement de cette famille. Johanne saisit ma main dans la sienne, m'empêchant d'ouvrir la boîte.

— Je suis désolée que ta mère ne soit pas disponible pour Noël, murmure-t-elle, peinée, en serrant mes doigts entre les siens.

— Ne le sois pas, je suis heureuse d'être là, la rassuré-je d'un sourire timide.

Et ce n'est pas un mensonge. Ce n'est pas la première fois que ma mère fait passer ses désirs avant les miens, et si son attitude me donne toujours un léger pincement au cœur, je préfère, finalement, être ici plutôt que de devoir supporter son numéro 13.

Johanne dépose sa tasse sur le guéridon près du canapé et se glisse sur la place libre à mes côtés, ouvrant le carton.

— Regarde-moi ça ! s'exclame-t-elle, en soulevant du bout des doigts une boule en polystyrène qui a vécu, décorée avec des paillettes et des gommettes à moitié décollées.

Josh s'en saisit alors que sa mère continue de fouiller, partageant son enthousiasme à chacune de ses découvertes.

— Je ne me souvenais pas d'avoir encore tout ça ! s'extasie Johanne.

Elle sort un paquet de feuilles jaunies et cornées par le temps qu'elle pose sur ses genoux alors que l'une d'entre elles vole jusqu'au sol. Je me baisse pour la ramasser et la remets au sommet de la pile.

— Sarah était en maternelle quand elle a réalisé ce dessin du père Noël et, comme tu peux le voir, elle aimait déjà mettre sa touche personnelle.

— Papa disait que je n'aimais pas le rouge à l'époque et que je trouvais qu'il était plus beau en vert, intervient la principale concernée, maintenant débarrassée de la guirlande électrique.

— Et le nez crochu et le strabisme, c'est aussi pour le rendre plus attrayant ? demande Josh, moqueur en se mêlant à la conversation en regardant par-dessus l'épaule de sa mère.

— C'est de l'art, tu ne peux pas comprendre, riposte-t-elle, boudeuse.

Johanne continue de faire défiler les souvenirs, retraçant l'enfance de Josh, Will et Sarah au milieu des rires. Je fais bonne figure et partage dans une moindre mesure leur humeur, seulement, je ne peux empêcher une pointe de tristesse de venir effleurer mon cœur lorsque mes pensées dérivent vers les premières années de ma vie. Enfant, l'absence de mon père et le désintéressement de ma mère me faisaient énormément souffrir. Et même si aujourd'hui, j'ai appris à gérer la situation sans en être totalement meurtrie, j'ai toujours un peu de peine en y repensant. Sans oublier que leur attitude a conditionné celle que je suis aujourd'hui. Ils ont brisé ma confiance en moi. Comment se sentir suffisamment passionnante, suffisamment belle, suffisamment intelligente, quand vos propres parents n'ont pas envie d'être avec vous ? Quand ceux qui sont censés vous aimer sans condition ne se préoccupent pas le moins du monde de vous ?

Ma mère n'a gardé aucun de mes dessins, aucun de mes cadeaux. Elle a juste glissé dans une pochette mes bulletins scolaires, au cas où elle en aurait besoin. En aucun cas par fierté ou par amour.

La porte de la maison s'ouvre sur Will qui secoue ses cheveux pleins de neige en grelottant, tout en tenant plusieurs sacs en équilibre dans les bras. Johanne lui apporte immédiatement son aide, quittant le canapé pour désencombrer son fils, avant de se diriger vers la cuisine. Will en profite pour se débarrasser de sa veste recouverte de flocons en train de fondre et se laisse tomber à la place désertée par sa mère avec un soupir de bien-être.

— La prochaine fois, c'est toi qui fais les courses, lance-t-il à Josh en frottant ses mains l'une contre l'autre pour se réchauffer.

— La prochaine fois, tâche de ne pas perdre, lui rétorque-t-il, narquois.

— Ne sois pas si fier, Sarah t'a aidé sur la dernière question.

— Et alors ? Il n'a jamais été dit qu'on n'avait pas le droit d'avoir recours à une autre personne.

Will attrape un des coussins qui traîne avant de frapper Josh au visage quand celui-ci crache un « mauvais joueur ». Je me lève et m'éloigne avant que cette histoire dégénère en bataille rangée entre les deux frères. Étoile argentée destinée à la branche la plus haute du sapin entre les mains, j'approche de l'arbre de Noël alors que Sarah préfère quitter la pièce, en agitant un drapeau blanc imaginaire, pour aider sa mère à ranger.

Ce n'est pas la première fois que Will et Josh se chamaillent de la sorte. C'est même une image réconfortante par son habitude. À la prochaine corvée, ils trouveront un nouveau jeu pour se départager ou reviendront à un « pierre-feuille-ciseaux », et le perdant recommencera à accuser l'autre d'avoir triché. Sans méchanceté. Sans insulte. Juste sur un fond de complicité, de convivialité.

Je tente d'installer l'étoile en tendant mes bras au maximum, sans succès. Le désavantage d'être trop petite. Perdue dans mes pensées, je réitère l'expérience en me hissant sur la pointe des pieds, et n'entends pas Will se déplacer dans mon dos. Son bras s'enroule autour de ma taille alors que je suis sur le point de perdre l'équilibre, me retenant à la dernière seconde, mon dos rencontrant son torse. Je n'ai jamais été aussi proche de lui et cette constatation accélère la musique de mon cœur. Celle-ci déraille, comme un disque rayé, quand sa main libre se pose sur mon épaule et remonte jusqu'à mon bras dans une caresse étrangement intime malgré la présence de mon pull. Il ne touche pas ma peau, et pourtant, j'en ai la chair de poule. Ma respiration se bloque dans ma poitrine. Ses doigts se mêlent aux miens et m'aident à glisser la décoration à sa place. J'ai l'impression d'être dans un film qui passe au ralenti. Et muet. Il n'y a aucun mot d'échangé, juste le bruit de son souffle à mon oreille. J'inspire une longue bouffée de son odeur aux notes de café, quelque peu recouverte par celle du sapin, et profite des quelques secondes qui me sont offertes pour emmagasiner la sensation de sa main dans la mienne, de nos corps pressés l'un contre l'autre, des frissons dans mon cou. Puis, lentement, à regret, je me détache et m'éloigne, réinstaurant une distance de sécurité entre nous.

Je m'installe dans le fauteuil, genoux repliés, et enfonce mes ongles dans mon avant-bras, m'obligeant à garder le regard fixé sur l'arbre de Noël. Il n'est pas question d'obéir à mon envie de poser mes yeux sur Will, de céder à cette pulsion. J'ai peur de ne pouvoir alors résister, de trouver une excuse pour fondre à nouveau dans ses bras. Et ce, malgré les mises en garde de Josh et Sarah. Je suis comme un papillon attiré par sa lumière, quitte à m'en brûler les ailes.

Johanne revient accompagnée de ma meilleure amie et de son fils aîné, ravie de découvrir que tout est terminé. Elle branche les guirlandes et celles-ci commencent à clignoter, laissant la féérie de Noël envahir la pièce.

— Il n'y a pas à dire, on est doué, se complimente Sarah en tapant dans les mains de Josh.

Je m'enfonce dans mon siège, éteignant mon cerveau, cédant à la quiétude du moment. Sans m'en apercevoir, mes yeux se ferment et je m'endors en observant le sapin scintiller de mille feux.

Quand mes paupières se soulèvent quelques heures plus tard, je suis accueillie par une chaleur diffuse et par le calme. Quelqu'un a déposé un plaid sur mon corps assoupi. Certainement Johanne. C'est le genre de gestes qu'une mère fait pour ses enfants. Un feu crépite doucement dans l'âtre, réchauffant la pièce, offrant, par la même occasion, un sentiment de paix. J'entends dans le lointain les rires de Sarah et Josh provenir du jardin. Elle m'a parlé de son envie de faire de la luge avant qu'on ne soit réquisitionnées par sa mère pour décorer le sapin. J'imagine qu'elle a réussi à convaincre son frère de l'accompagner. Le connaissant, elle n'a pas dû avoir à insister beaucoup. L'aîné de la famille adore jouer dans la neige, à l'inverse de son cadet. Cadet qui n'est pas en vue, tout comme la maîtresse de maison. Un bruit de casseroles qui s'entrechoquent m'indique qu'elle doit être dans la cuisine en train de préparer le repas.

Plaid sur les épaules, je me lève et attrape l'exemplaire de Roméo et Juliette qui traîne dans la bibliothèque de Johanne. Le mien est encore dans mon sac à l'étage et je n'ai pas le courage de grimper les marches. Je me réinstalle confortablement avant de plonger dans les pages. Autant mettre à profit ce temps seule pour continuer ma lecture vu qu'il me faut l'avoir terminé pour la reprise des cours.

— Emilia qui s'isole pour lire, quelle image étonnante !

Mon cœur bondit dans ma poitrine alors que le livre m'échappe des mains sous le coup de la surprise. Je n'ai pas entendu Will arriver. Encore une fois. Je devrais lui mettre un collier avec une clochette autour du cou, ça me laisserait le temps de fuir ou au moins de me préparer mentalement à lui faire face. Et surtout, je n'aurais pas une crise cardiaque à chacune de ses apparitions surprises.

Sans tenir compte de ses mots, je me baisse pour récupérer le roman, le plaid glissant quelque peu vers le sol, mais il me devance. Il attrape le livre et se redresse, sourire aux lèvres, ce qui, dans son cas, n'annonce rien de bon.

— Roméo et Juliette, décrypte-t-il malgré l'état de la couverture abîmée. Une histoire d'amour, ça te ressemble bien, mais une pièce de théâtre, c'est assez étrange venant de toi.

— Et en quoi est-ce si étonnant ? Depuis quand tu me connais assez pour savoir quels genres de lectures m'intéressent ? lui opposé-je, les nerfs à fleur de peau, en reprenant le roman d'un geste brusque, contrariée qu'il me juge une nouvelle fois.

Un comportement qui, à ma grande stupeur, ne fait qu'agrandir son sourire. Les yeux pétillants de malice, il avance d'un pas, réduisant l'espace entre nos corps, m'obligeant à lever la tête pour continuer de le voir.

— Elle est enfin de retour, murmure-t-il alors qu'il replace le plaid sur mes épaules sans quitter mon regard.

— Qui ?

— Mia, se contente-t-il de répondre, comme explication.

Je ne comprends pas, et rapidement, ne cherche plus à le faire, incapable de réfléchir, prise au piège sous ses attentions hypnotiques.

Ma main se lève, échappant à mon contrôle, et se glisse dans les mèches qui chatouillent sa nuque. Au prix d'un effort surhumain, mes yeux quittent les siens et descendent le long de la courbe de son visage, traçant une ligne imaginaire dans sa barbe naissante qui recouvre ses joues jusqu'à atteindre sa bouche. Ses lèvres qui me font fantasmer depuis des années se trouvent qu'à quelques centimètres des miennes. Juste quelques centimètres me séparent de mon eldorado personnel.

— Mais jusqu'où seras-tu capable de te rebeller…

Nos respirations se mêlent, ne formant plus qu'une. Je n'ose pas bouger, terrifiée à l'idée de voir s'envoler la chance de toucher mon rêve du bout des doigts. Ou plutôt des lèvres. Je déglutis avec peine et mon souffle se bloque dans ma poitrine, alors que sa bouche n'a même pas effleuré la mienne.

—… petite fille ?

Le rêve explose brutalement et la réalité me revient en pleine face. Ma main retombe mollement le long de mon corps tandis que Will me tourne le dos et se dirige vers le jardin, les mains dans les poches en sifflotant, heureux de me faire souffrir.

20 décembre 2015, 10 h 23

Mes doigts continuent de frôler la couverture, s'imprégnant du relief du titre comme des centaines de fois auparavant.

J'avais tort. Will avait appris à me connaître. Il me l'a prouvé ce soir-là, en m'offrant ce livre. Le premier cadeau de sa part.

24 décembre 2012

Après un repas copieux à la lumière des bougies et des guirlandes électriques, Johanne prend place dans un des fauteuils, Will se contente d'un pouf, tandis que Sarah, Josh et moi optons pour le canapé. Je suis déçue de ne pouvoir prendre comme prétexte l'étroitesse du sofa pour me rapprocher de Will et en même temps, je suis quelque peu soulagée. Il ne peut pas m'atteindre de cette manière. J'ai d'ailleurs l'impression que cette disposition n'a rien d'un hasard, que Josh et Sarah se sont dévoués pour jouer les protecteurs.

La maîtresse de maison attrape un vieux livre et commence sa lecture.

« Marty était mort, pour commencer. Là-dessus, pas l'ombre d'un doute.[2] »

C'est une des traditions de Noël dans la famille Portman, écouter Johanne lire l'histoire de M. Scrooge en buvant du lait de poule.

Sarah se tortille à mes côtés, comme une enfant qui a envie d'aller aux toilettes et qui n'ose pas le faire. Elle n'a qu'une hâte, pouvoir ouvrir les cadeaux. Josh lui lance un regard noir, lui intimant de se tenir tranquille, mais dès que sa mère prononce la dernière phrase, ma meilleure amie tape dans ses mains tout excitée en criant un « Let's go ». Elle saute sur ses pieds, comme un diable qui bondit de sa boîte, pendant que j'ai encore en tête des images d'un marchand acariâtre et avare, transformé en bienfaiteur, ne perdant pas une seconde pour récupérer les présents au pied du sapin.

— Alors, voyons voir, par qui allons-nous commencer ? Bleu, vert, rouge ou jaune ? énumère-t-

---

[2] Premières phrases du conte « Un chant de Noël de Charles Dickens. »

elle en pointant du doigt les différentes piles, comme si elle faisait un « plouf plouf ».

— Et si tu laissais Emilia choisir, intervient Johanne avec douceur.

— Pourquoi pas, approuve aussitôt Sarah en se tournant dans ma direction. Mia, quelle couleur ?

— Rouge, décidé-je, me prêtant au jeu sans problème, heureuse de jouer un rôle.

Sarah attrape le seul paquet de cette couleur et le dépose sur les genoux de sa mère, qui le déballe soigneusement comme seule une adulte sait le faire. Sous nos quatre paires d'yeux, elle découvre un tableau en tissu sur lequel plusieurs photos de famille ont été imprimées. Des larmes de joie perlent au coin de ses yeux, alors qu'elle se lève pour remercier ses enfants en les serrant dans ses bras. Sur chacune des images, Sarah sourit, Josh alterne entre grimace et rire et l'impassibilité de Will n'est trahie que par son regard espiègle. Et, au milieu d'eux, mon double me contemple, timide, mais radieuse. Mon cœur se serre sous l'émotion. C'est comme si on me disait « Pour nous aussi, tu fais partie de la famille ».

— Allez, une autre couleur, s'impatiente Sarah, laissant à peine le temps à sa mère de reprendre sa place.

Sans réfléchir, je désigne les cadeaux au papier bleu. Elle les donne à Josh qui s'empresse de les ouvrir. Un coffret de films d'action rejoint sa collection déjà bien remplie. Caché au fond d'une boîte en carton, un bon pour un saut en parachute lui fait de l'œil, envie de longue date qui va enfin pouvoir se réaliser. Et le dernier Mario Kart, petite blague de sa sœur pour lui rappeler ses piètres performances avec le plombier à la salopette rouge.

Ensuite, c'est au tour de Sarah et ses paquets jaunes, puis celui de Will, avec les verts. Je réalise que ce réveillon est le meilleur de ma vie. En même temps, ce n'est pas difficile de battre ceux des années passées. En temps normal, avec ma mère, il n'y a pas de chant, pas de conte, pas de sapin, pas de bonheur.

— À ton tour, Mia, déclare joyeusement mon amie en récupérant des cadeaux cachés derrière l'arbre avant de les mettre sur mes genoux.

Trois paquets. Trois présents parfaitement emballés. Trois gestes inattendus qui me laissent sans voix.

Je glisse mon ongle sous le morceau de scotch qui retient le papier coloré, dévoilant une couverture en patchwork. Une réalisation de Johanne, sans aucun doute. Je me lève et me penche vers elle avant de la serrer dans mes bras.

— Merci, murmuré-je, émue.

— Ce n'est rien, ma chérie. Sarah m'a donné un coup de main.

Je réitère mon geste avec celle-ci et reprends ma place, dégageant entièrement la couverture et la dépliant pour m'envelopper dedans.

Josh se pointe du doigt lorsque mes mains se referment sur deux billets pour une exposition d'art qui a lieu à partir de janvier dans le musée près du pensionnat.

— J'ai déjà obtenu l'autorisation de la direction de te sortir de ta prison pour qu'on y aille ensemble.

Je le remercie d'un sourire sincère, en serrant les morceaux de papier contre ma poitrine. Je n'ai pas de mots. Josh a pris la peine de se renseigner et a aussi déjà tout organisé, prenant sur son temps libre pour me faire plaisir. C'est tellement attentionné de sa part. Et ce n'est rien comparé au dernier cadeau. Celui de Will. En le découvrant, mon cœur manque de défaillir. Mes mains se portent aussitôt sur la couverture en cuir noir et la frôlent, un sourire béat prenant possession de mes lèvres à mesure que la pulpe de mes doigts s'imprègne des détails en relief. Une version illustrée des contes de Grimm. J'en rêve depuis que j'ai vu un exemplaire en vitrine à l'âge de six ans.

Comment est-ce possible ? Comment peut-il le savoir ? Je ne lui en ai jamais parlé.

20 décembre 2015, 10 h 29

Et même si cela n'était qu'un jeu. Même si son but n'était que d'avancer un pion dans une partie d'échecs imaginaire pour gagner. Même si ce n'était pas un cadeau désintéressé. Je l'ai toujours gardé précieusement, car à mes yeux, cela voulait dire qu'il faisait tout de même un peu attention à moi.

Un rêve ne peut se réaliser que sinous lui laissons une chance d'exister.

Emilia

Je me redresse, le dos en compote, l'esprit hagard et confus. Je jette un coup d'œil sur la pièce. Qu'est-ce que je fais là ? Pourquoi ne suis-je pas allongée dans mon lit, bien au chaud ? Petit à petit, les détails me reviennent à l'esprit. Will. Son éloignement. Son refus de me parler.

Il n'y a aucun doute possible, je me suis endormie sur le comptoir de la cuisine sans même m'en apercevoir. Comment est-ce possible ? C'est comme si mon corps avait soudainement cessé de fonctionner.

La douleur dans mon ventre a disparu, au moins une bonne nouvelle. Je n'ai même pas eu besoin de manger un morceau. Rien que l'idée d'avaler quelque chose d'ailleurs me donne la nausée.

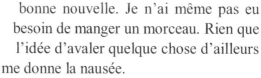

Je quitte la cuisine et laisse tout à l'abandon, n'ayant plus rien à y faire. En cet instant, il n'y a qu'un endroit qui saura accueillir ma peine et contenir ma tristesse. Mon refuge quand Will n'est pas là pour me prendre dans ses bras et me réconforter. Je traverse le couloir et entre dans la chambre d'amis transformée en chambre noire. Le seul éclairage provient de la porte entrouverte dans mon dos, la fenêtre ayant été obscurcie par de la peinture spéciale.

Mes doigts se perdent sur la table qui accueille les différents bacs pour le développement des photos, vides de produits, matériels laissés à l'agonie. Une fine couche de poussière se dépose sur ma peau, signe d'un lieu qui n'accueille plus de vie.

Depuis quand n'ai-je pas eu besoin de me réfugier ici ?

Depuis quand n'ai-je plus consacré de temps à ma passion ? Impossible de m'en souvenir. Des mois, sans aucun doute.

Est-ce la raison pour laquelle Will est si distant ?

Je lui avais fait la promesse de ne pas abandonner la photographie. Je n'ai pas réussi à la tenir.

M'en veut-il d'avoir continué dans une voie plus classique, préférant choisir la stabilité dans mes études d'infirmière, après avoir tiré un trait sur le désir de ma mère, au détriment de mon avenir d'artiste ?

Je lève les yeux vers les fils métalliques accrochés au-dessus de ma tête, où plusieurs photos sont encore suspendues. Des clichés imparfaits qui les rendent spéciaux. Des moments de vie, figés sur papier glacé.

4 janvier 2013

Les vacances prennent fin dans quelques jours, et à mesure que le retour au pensionnat approche, Sarah s'enferme plus souvent dans sa chambre, la tête penchée sur son bureau. Elle a décidé de ne rien faire jusqu'au milieu de la seconde semaine, estimant avoir amplement mérité un peu de repos. Résultat des courses, alors que mes devoirs sont terminés depuis la veille, elle est encore ensevelie sous une masse de travail qui lui paraît interminable.

Fatiguée d'entendre ses grincements de dents, j'ai choisi de m'occuper autrement qu'en squattant son lit en descendant dans la cuisine pour préparer le gâteau prévu à la place de Johanne. Elle pourra se poser tranquillement après avoir fini de ranger le grenier.

Tant bien que mal, j'essaye de malaxer la pâte à sucre qui servira à recouvrir la base en chocolat et commence à regretter mon choix. La pâtisserie n'a jamais été mon fort, mais je pensais m'en sortir facilement avec l'aide du livre de cuisine. Grossière erreur ! Je me mets sur la pointe des pieds pour écraser la matière une nouvelle fois, la sueur perlant sur mon front. Plusieurs mèches de cheveux taquinent mon visage et tombent dans mes yeux. Je les repousse avec mon avant-bras, inutilement. Elles reviennent encore et encore. Je dois avoir l'air fine avec les taches blanches de farine qui parsèment à coup sûr mes joues et mon front. Sans oublier les morceaux de pâte qui jouent à cache-cache sur mon crâne à force de plonger mes doigts dans mes cheveux.

— Un coup de main ?

Je n'ai pas le temps de me retourner ou même d'opposer un « non » à Will en le remerciant que ses mains viennent enlacer les miennes sur la pâte à sucre, alors que son menton se pose sur le haut de mon crâne. Je n'ose plus bouger d'un millimètre, le cœur au bord des lèvres.

Quelques secondes. Il lui suffit de quelques secondes pour me transformer en poupée malléable sous ses doigts. Sans réfléchir, je ferme les yeux, lui laissant les rênes, envoûtée par sa présence. Il m'a toujours fait cet effet, comme si j'étais sous l'effet d'un sort. En restant loin, il me donnait l'occasion de me contrôler, la possibilité de prendre le dessus. Maintenant qu'il a décidé de se rapprocher, même si ma raison me hurle de prendre la fuite, son emprise me donne envie de totalement lâcher prise. Et cela ne s'arrange pas quand ses lèvres effleurent ma nuque, déclenchant une vague de chaleur sur mon épiderme. Mon cerveau a buggé, mes pensées n'ont plus rien de cohérent. Seules les sensations qu'il me procure comptent. Il ne bouge plus, ne pose plus sa bouche contre ma peau, se contentant de faire ressentir son souffle chaud dans mon cou.

— Emilia, si tu as quelques minutes, tu veux bien m'aider.

La voix de Johanne, provenant du haut de l'escalier, agit comme un électrochoc. Je repousse Will, d'un coup de coude, non sans arriver à lui bredouiller un « Tu veux me donner un coup de main, alors tu n'as qu'à finir le gâteau », une petite fierté personnelle, avant de me laver rapidement les mains. Je n'ose pas le regarder en quittant la cuisine et cours jusqu'à l'étage avant de grimper jusqu'aux combles derrière la mère de Sarah.

Ensemble, nous commençons à passer en revue tout ce qu'elle a stocké au fil des années. Les lampes qui ne fonctionnent plus, les cartons remplis d'affaires de bébés, les bibelots cassés et poussiéreux... Pendant des heures, nous les balançons dans l'escalier pour les moins fragiles et posons les autres au pied des marches, jusqu'à ce qu'épuisée, Johanne s'appuie contre une des poutres.

— Je crois que nous méritons une petite pause, souffle-t-elle, les mains sur ses reins. Que dirais-tu de quelques brownies maison avec un verre de lait, ma chérie ?

— C'est gentil, mais mon estomac n'a pas encore fini de digérer les lasagnes de ce midi. Je n'ai pas l'habitude de manger autant au pensionnat.

— Ce qui est bien dommage, dit-elle avec une moue réprobatrice. Quelques kilos en plus ne te feraient pas de mal.

— Si je mangeais autant au lycée qu'ici, ce ne serait pas seulement quelques kilos en plus que j'aurais.

— Touchée, je m'avoue vaincue, enfin pour le moment, ajoute-t-elle en riant.

Je m'approche de la fenêtre ronde et l'ouvre, de manière à évacuer les grains de poussière qui volent dans la pièce, alors que Johanne part à la recherche d'une bouteille d'eau. Mes yeux suivent un rayon de soleil qui vient frapper une malle en cuir quelque peu cachée derrière une pile de caisses.

Intriguée, je repousse celles-ci, avant de m'asseoir en tailleur sur le sol et de tirer sur le loquet pour soulever le couvercle. Plusieurs documents jaunis par le temps cohabitent avec une tonne de photos éparpillées. Le genre de cliché à développement instantané ou immortalisé sur pellicule. Ce sont des souvenirs précieux qui retracent la vie de la famille Portman. Sarah, passant de bébé grassouillet en robe rose à petite fille en tenue de foot exposant sa dent en moins à l'objectif pour finir par l'adolescente typique en train de rire.

Josh déguisé en Superman prenant la pose, les bras en l'air, donnant l'impression qu'il va s'envoler, ou à la mer avec des bottes en caoutchouc aux couleurs criardes, épuisette à la main.

Johanne, enceinte jusqu'aux yeux, la main sur son ventre, le regard tendre.

Will jouant dans un parc avec d'autres enfants, ou essayant d'attraper la jambe de sa sœur pour qu'elle tombe en arrière dans la piscine.

J'aime ce genre de photos, celles qui témoignent de moments spontanés, irréfléchis, avec des cadrages flous, imparfaits.

— Tu sembles avoir déterré un trésor, remarque Johanne en revenant, sa bouteille à la main.

Johanne s'agenouille à mes côtés et attrape la photo d'un homme posant devant la maison. Même si je n'ai jamais eu l'occasion de le connaître, j'en déduis qu'il s'agit de son mari.

— Ça fait bien longtemps que je n'ai pas mis le nez dans ces vieux clichés, s'émerveille-t-elle en saisissant une autre photo.

Sans nous en rendre compte, nous finissons assises à même le sol, entourées de visages tantôt souriants, tantôt grimaçants. Le rangement n'est plus d'actualité.

— Regarde-moi ça, s'extasie Johanne en sortant de la malle un coffret contenant un vieil appareil et plusieurs objectifs. Tu sais, il me semble me souvenir que Sarah m'a parlé d'une jeune fille qui promenait partout son appareil photo jetable. Je me demande bien pourquoi elle a arrêté de mitrailler les gens.

Elle pose l'attirail à mes pieds. Cela fait belle lurette que mes mains n'ont pas tenu un appareil et, même si mes doigts me démangent, je m'interdis de le saisir.

— Peut-être qu'on lui a remis les idées en place, dis-je sur un ton qui se veut amer, mais qui n'est qu'attristé, en refermant le couvercle. Qu'une passion n'est qu'une perte de temps qui ne mène à rien.

20 décembre 2015, 13 h 26

La petite fille avait fini par réaliser que dans sa vie, ses envies ne comptaient pas, que seuls les choix de sa mère avaient de l'importance. Elle a fini par se faire une raison, par poser l'appareil photo et par cesser de voir le monde à travers son objectif.

En revenant au pensionnat quelques jours plus tard, j'ai découvert, au fond de ma valise, le coffret et une fiche d'inscription au club de photographie de l'école avec un message de Johanne qui a fait écho à une autre facette de ma vie.

« Un rêve ne peut se réaliser que si nous lui laissons une chance d'exister ».

Que l'on soit l'un près de l'autreou séparé par des milliers de kilomètres, mon cœur ne porte qu'un seul nom : le sien.

Emilia

Je sens une présence dans mon dos. Je n'ai pas besoin de me retourner pour savoir que c'est lui. Son odeur le trahit, mais même sans ça, je le saurais aussi. Depuis que nos lèvres se sont rencontrées pour la première fois, je sais toujours quand il est près de moi. Qu'il soit visible ou non. Si avant il pouvait me prendre par surprise, ça n'a plus jamais été le cas après. Je n'ai finalement pas eu besoin de lui attacher une clochette autour du cou. Son cœur agit depuis comme un aimant sur le mien.

J'entends le bruit d'une photo que l'on décroche. Laquelle a-t-il choisie ? Celle du couple enlacé sur la patinoire naturelle du parc ? Celle de la petite fille blonde sautant à la corde sur le parking de l'école ? Ou celle de Sarah et Josh dansant ensemble à l'anniversaire de Johanne. Avant de pouvoir me retourner, Will répond à ma question muette.

— Le vieux cinéma, murmure-t-il, d'une voix

tremblante. Je me rappelle le premier film que l'on a vu ensemble là-bas. Enfin, ensemble est un bien grand mot.

— Peut-être, mais même si nous n'étions pas côte à côte, tu étais tout de même là. Et ta présence a suffi à rendre ce moment unique, dis-je en me plaçant face à lui.

11 février 2013

Encore une fois, ma mère a décidé de prendre du bon temps en oubliant volontairement sa fille. Et encore une fois, Johanne a accepté de m'accueillir avec un grand sourire. Une chance ! Je n'avais pas vraiment envie de passer mes vacances au pensionnat sans Holly, Laura et Sarah. Et sans Will, même si je ne l'avouerai pour rien au monde.

Depuis notre retour au lycée, il a recommencé à se comporter comme avant la période de Noël.

Non, en réalité, il a recommencé à agir comme avant ces derniers mois. Entre nous, l'ignorance est redevenue le maître mot. En apparence. Parce que si nous n'échangeons plus que les politesses d'usages, mon regard, lui, continue de se perdre sur lui. Et, de plus en plus souvent, il croise le sien qui dérive le long de mon visage avec une lueur indéchiffrable. Et de plus en plus souvent, mes yeux captent un sourire charmeur ou un clin d'œil rapide, me faisant rougir à chaque fois, malgré moi. Ce serait n'importe qui d'autre, on pourrait croire à du flirt. Seulement…

Je secoue la tête, chassant ces pensées de ma tête. Ce n'est pas le moment de ressasser l'attitude de Will. Je n'ai pas cessé de le faire pendant des semaines sans parvenir à y voir plus clair. Je ne sais plus où me placer avec lui.

Johanne dépose sur la table le traditionnel gâteau aux bougies multicolores. C'est une des raisons qui ont poussé Sarah à demander à sa mère de m'accueillir, ne pas me laisser vivre un nouvel anniversaire en solitaire.

Je ris en découvrant un large disque en sucre glace décoré à l'effigie de plusieurs princesses Disney posé sur la génoise. Ma meilleure amie a encore fait des siennes. Certains diraient que j'ai passé l'âge. Je m'en fiche complètement parce que je suis heureuse de voir qu'elle s'est souvenue de notre conversation. Je n'ai jamais eu l'occasion d'avoir ce genre de chose, et je l'ai dit à Sarah, il y a quelques mois. Ce sont ces petites attentions qui font d'elle une amie extraordinaire. Elle tente toujours de rattraper mon enfance particulière en m'offrant une adolescence ordinaire.

Sans me poser de questions, je l'attrape par le coude et la tire jusqu'à ce que nos épaules se touchent. Je lui désigne les bougies qui brûlent du menton à quelques centimètres de nous.

— Ensemble ?

— Ensemble, approuve-t-elle, enjouée. Un, deux…

—… Trois, terminé-je à sa place.

Et dans une synchronisation parfaite, nous prenons une grande inspiration avant de souffler jusqu'à n'avoir plus d'air dans nos poumons.

L'obscurité envahit soudainement la pièce alors que les applaudissements de Johanne et de Josh retentissent. Je ne peux m'empêcher d'être déçue de ne pas entendre ceux de Will, et bénis le manque de lumière qui me laisse le temps de chasser ma peine. J'ai pris la résolution de ne plus laisser mes sentiments gâcher des moments tels que celui-ci, de profiter des petits bonheurs que la vie peut m'offrir. Peut-être qu'un jour, il m'avouera qu'il m'aime lui aussi. Peut-être que non. Une chose est certaine, je ne serai pas celle qui lui dira la première. Je dois donc apprendre à vivre avec, à gérer mes émotions, à ne plus les laisser me faire du mal, même si c'est difficile. Je dois continuer d'avancer, aller de l'avant, sans pour autant renoncer à celui que mon âme a choisi, sans pour autant renier les murmures de mon cœur.

Une chaise racle sur le sol et, l'instant d'après, la lumière jaillit. Johanne nous sert une part, chacun notre tour, alors que Sarah partage son idée pour la suite de la soirée.

— J'ai envie d'aller au cinéma, déclare-t-elle tout en plantant sa fourchette dans son dessert.

— Si Josh accepte de jouer les chaperons, je n'y vois aucun inconvénient.

— Maman, on a plus cinq ans, soupire Sarah, agacée.

— Mais tu n'as pas encore de voiture, il me semble. Tu comptes faire comment pour y aller ? En te téléportant, peut-être, termine-t-elle, amusée.

— Il peut juste nous déposer et revenir nous chercher. Il n'a pas besoin de rester avec nous.

— Josh n'est pas libre, de toute manière, intervient le principal concerné. Josh a un rendez-vous qu'il n'a aucune envie de manquer. Parce que, même si vous en doutez, Josh a une vie sociale.

— C'est l'anniversaire de Mia, réplique-t-elle avec un ton de reproche.

— Désolé, sœurette. Tu peux bouder, ça ne changera rien, conclut-il avec une pichenette sur le nez.

— Encore une de tes poufs sans cervelle, persifle-t-elle en repoussant sa main.

— Elle a d'autres atouts, si tu vois ce que je veux dire. Et puis, je n'ai pas besoin d'elle pour faire des mots fléchés, mais pour ses autres talents.

Sur ce, il avale sa dernière bouchée avant de se lever et d'attraper sa veste.

— Bonne soirée, mesdames !

Il me lance un clin d'œil avant de faire une révérence et de se diriger vers la porte d'entrée qui s'ouvre au même moment. Josh se décale pour libérer le passage à son frère qui apparaît pour la première fois de la journée.

— Bonne chance ! lui lance-t-il avec une tape dans le dos avant de disparaître.

Will ferme la porte derrière lui et regarde sa mère, dérouté par la dernière remarque de son aîné.

— Ta sœur veut emmener Emilia au cinéma, lui explique Johanne, tout en débarrassant les assiettes.

— Et Josh a mieux à faire que de servir de taxi, suppose-t-il, à juste titre.

— Il ne reste plus que toi, du coup, souligne Sarah, en sautant sur ses pieds, déjà prête à partir.

— Je n'ai même pas mon mot à dire, se plaint-il faussement avec un air de martyre.

— Tu as manqué le repas d'anniversaire de Mia, tu dois te faire pardonner, argumente sa sœur. Et puis, on est en supériorité numérique, à 1 contre 3, tu n'as aucune chance de gagner, de toute façon.

— Fais gaffe, crevette, à trop vouloir jouer, ma langue pourrait fourcher et dévoiler certains de tes sombres secrets.

— Et moi, les tiens, riposte-t-elle, sans se laisser démonter. Maman n'est certainement pas au courant pour ton petit ami.

— Elle n'a rien à savoir, vu que je ne suis pas gay.

— Ce n'est pourtant pas le dernier bruit de couloir du pensionnat, lui révèle-t-elle, avec un sourire en coin.

— Le dernier bruit de couloir, répète-t-il, les sourcils froncés. Qu'est-ce que tu as fait ?

— Moi ? Rien, voyons, se défend-elle, non sans une pointe de malice dans sa voix. Mais, je t'avoue que ça m'arrange pas mal.

Tu m'étonnes ! C'est elle qui a lancé la rumeur, même si elle tente de convaincre Will du contraire, et ce n'est pas pour rien. Je reste là, à l'écart, assistant sans un bruit et avec amusement, au marchandage qui a légèrement dévié.

— J'en avais marre de subir des interrogatoires à tout bout de champ. C'était à te rendre barge. Maintenant, on me fiche enfin la paix.

Elle s'approche de son frère, et continue en baissant d'un ton, mais toujours suffisamment fort pour qu'il me soit possible de percevoir ses propos.

— Si seulement elles savaient ce qui se cache derrière ce visage d'ange qu'elles admirent tant, elles ne chercheraient pas à t'approcher. Si elles savaient que rien ne peut toucher ton cœur, qu'il est aussi froid que de la glace, elles ne perdraient pas leur temps.

Il n'y a plus aucune trace d'amusement dans sa voix. Elle ne le laisse pas répliquer et sort de la maison, sans un mot. La conversation a pris un tour inattendu qui me met mal à l'aise, même si les dernières paroles de Sarah ne semblent pas avoir atteint Will. Son visage n'exprime aucune expression. C'est comme si elle s'était contentée de lui réciter le bulletin météo.

Jusqu'à ce que ses yeux croisent les miens, et qu'il donne l'impression de se rappeler d'un seul coup ma présence.

Je me soustrais à son regard en baissant la tête, attrape mon sac et file à la suite de Sarah sans demander mon reste.

Ma meilleure amie a déjà pris place à l'avant de la Chevrolet Camaro bleue, je monte donc à l'arrière tandis que Will se glisse derrière le volant, après nous avoir rejointes. Je sais qu'elle ne l'a pas fait express, qu'elle n'a pas mesuré l'impact de ses mots, se contentant d'agir sur un coup de tête comme souvent dans son cas, mais consciemment ou non, elle vient de jeter un froid sur la soirée.

Résultat, le trajet de quinze minutes jusqu'à la ville voisine se fait dans un silence de mort, même pas perturbé par la radio. Will a tourné la molette du son jusqu'à ce que la musique soit à peine audible, comme s'il avait prévu qu'on prenne la parole.

Joyeux anniversaire, Mia ! pensé-je, ne pouvant m'empêcher de lâcher un léger soupir.

Notre chauffeur se gare sur le terrain vague dont une partie a été transformée en parking sauvage juste en face du cinéma. Aussitôt, Sarah s'échappe de la voiture, sans même prendre la peine de m'attendre. Pourquoi a-t-il fallu que Josh soit occupé ce soir ? Sa présence aurait causé beaucoup moins de problèmes et l'ambiance aurait été largement meilleure. Je descends avec moins d'empressement que Sarah, mais cela ne suffit pas pour rester debout. Ma maladresse revient en force alors que l'une de mes jambes cède. Tendant les mains vers l'avant dans un geste de protection, je me retrouve à quatre pattes et grimace de douleur en sentant les pierres s'enfoncer dans mes paumes.

— Se tordre la cheville en baskets et dans une crevasse de la taille d'une balle de tennis est un exploit, que tu es la seule à pouvoir réaliser, se moque-t-il, non sans attraper mon bras.

Sans même avoir à faire un effort, il me tire et me remet sur pied, me collant à son torse dans le mouvement.

— Il faut croire que je suis douée pour au moins une chose, répliqué-je avec ironie, tout en tentant de le repousser.

Il ne me laisse pas faire, me gardant contre lui, alors que son souffle vient frôler le lobe de mon oreille, m'arrachant par la même occasion des frissons incontrôlables.

— Tu as beaucoup d'autres qualités, Mia. N'en doute jamais, murmure-t-il sans aucune trace de sarcasme dans la voix avant de s'éloigner.

Sous le choc, je sens à peine la pression de la main de Sarah dans la mienne alors qu'elle a fait demi-tour pour venir me chercher. Comme un zombie, je calque mon pas sur le sien jusqu'à ce qu'elle m'oblige à m'asseoir dans un des sièges de la salle de projection.

— Qu'est-ce que cet idiot a bien pu te dire pour te mettre dans cet état ? peste Sarah.

Sa question me sort de ma transe, comme si j'avais été hypnotisée. Ai-je envie de lui répondre ? Ou plutôt, ai-je envie de lui dire la vérité ?

Non.

Je me convaincs que c'est avant tout parce que ça risque de déclencher une nouvelle vague de colère qui ternira à coup sûr le reste de la soirée, déjà entachée. Elle n'appréciera pas, me mettant de nouveau en garde contre son frère. Elle serait même capable de retourner lui dire ses quatre vérités. Seulement, je sais que ce ne sont que des excuses.

En réalité, j'ai juste envie de garder ça secret, parce qu'il semblait réellement sincère, et que je n'ai pas envie de ternir ce sentiment. Je n'ai pas envie de découvrir la possibilité d'une autre vérité.

— Il m'a juste souhaité un « joyeux anniversaire », prononcé-je en tentant de prendre un ton détaché et sans tremblement dans la voix.

Elle me fixe un moment, cherchant le moindre indice, la moindre trace de mensonge, avant de finalement soupirer et de s'enfoncer dans son siège. Ai-je réussi à ne rien laisser paraître ou préfère-t-elle simplement abdiquer ?

Je ne m'interroge pas plus, soulagée, et l'imite, fixant l'écran où défilent les bandes-annonces, et remarque, du coin de l'œil, que Will est assis à quelques rangées de nous.

20 décembre 2015, 13 h 41

— Ce film était un navet sans nom, mais Sarah et toi avez fini en larmes, sourit-il tristement.

— Et tu t'es moqué de nous et de notre sensibilité de filles, le réprimandé-je en riant, en repensant à la bonne humeur retrouvée à ce moment-là.

— Et je me suis moqué de votre sensibilité de filles, répète-t-il, comme s'il ne m'avait pas entendue. Tu as dit que cela ne t'étonnait pas, que j'étais incapable de comprendre la beauté d'un tel amour…

— J'avais tort, murmuré-je, en tendant ma main pour caresser sa joue.

—… et tu avais raison, poursuit-il en se mettant hors de portée avant de me tourner le dos, laissant ma main retomber dans le vide.

Créant par la même un nouveau trou dans mon cœur déjà meurtri.

Refusant d'abandonner, je fais un pas vers lui, prête à l'enlacer, mais il se soustrait une nouvelle fois à mes caresses. Brutalement. Violemment. Ignorant mes bras tendus vers lui. Le visage empli d'une colère inédite.

— Tu avais raison, hurle-t-il en renversant la table la plus proche de lui, fracassant le matériel sur le sol, parce que c'était avant toi.

— Will, murmuré-je, choquée, en reculant dans le couloir alors que mon cœur semble écrasé dans ma poitrine.

Seuls des pas précipités me répondent alors que Sarah arrive en courant dans l'embrasure de la porte sans un regard à mon égard.

— Mon Dieu, Will, qu'est-ce que tu fais ? chuchote Sarah en attrapant son frère par les bras et en l'obligeant à se calmer.

Mes battements ralentissent alors que Will s'effondre sur le sol. Ses yeux se posent sur une photo tombée sur le parquet nous représentant le jour de notre emménagement.

— Maintenant, je sais, dit-il en arrachant un pansement qui recouvre son poignet.

Sarah le fixe dans l'incompréhension la plus totale.

— Grâce à Mia, j'ai compris, insiste-t-il en dévoilant son nouveau tatouage. Que l'on soit l'un près de l'autre ou séparé par des milliers de kilomètres, mon cœur ne porte qu'un seul nom : le sien.

Ma vue se brouille alors que, pliée en deux, je ne parviens plus à respirer correctement et m'accroche désespérément pour rester consciente.

— Oh, Will ! souffle Sarah en le prenant dans ses bras. Tout va s'arranger, tu verras.

Parce que mon cœur ne sera jamais libre d'aimer un autre quelui.

Emilia

J'ouvre les yeux sur le plafond de ma chambre. Je le reconnais à la suspension lumineuse ronde qui pend vers le sol. Comment suis-je parvenue jusqu'ici ? Je n'en sais rien, mais une chose est sûre, Sarah et Will n'ont rien à voir là-dedans. Je ne comprends vraiment pas leur attitude, leur ignorance. Ils ont l'air de tellement en souffrir, surtout mon petit ami. Je ne l'ai jamais vu aussi désemparé. Et pourtant, il ne fait rien pour arranger la situation. Il avait juste à tendre le bras pour m'attraper, pour me serrer dans ses bras. Et toute cette histoire ne serait déjà plus que du passé. Tout serait oublié et on reprendrait le cours de notre existence comme avant.

Allongée en travers du lit, les jambes dans le vide, j'observe les craquelures qui serpentent sur la peinture blanche comme mes veines sur ma peau blafarde. Je n'ai jamais réellement pris le temps d'examiner le plafond, et, par conséquent, je n'ai jamais remarqué ces défauts. Je ne dois pas être la seule. Qui s'amuse à faire ça ? Qui a véritablement le temps de rester là, allongé, sans rien faire, à part fixer ses yeux sur chaque recoin de la pièce ?

Et si c'était le fond du problème ? Et si je n'avais suffisamment fait attention à Will, comme pour ce plafond ? Et si c'était pour ça que je ne le comprenais plus ?

Je me redresse en grimaçant, la tête comme comprimée dans un étau, et pose mes pieds nus sur le parquet froid. J'essaie de me lever, mais retombe aussitôt sur le lit, les jambes parcourues de milliers de fourmillements. Elles semblent dépourvues de muscles et ne supportent plus mon poids. C'est étrange, pourtant, je ne m'y attarde pas plus que ça. J'abandonne sans même faire une nouvelle tentative. Épuisée, l'esprit brouillé et le cerveau en compote, je me laisse tomber sur le dos et m'enfonce dans le matelas.

Je lève mes bras et constate, soulagée, que le haut de mon corps est toujours opérationnel. Je bouge mes doigts sans aucune difficulté. Encore et encore.

Jusqu'à ce que mes yeux glissent sur le creux de mon poignet droit où ma peau disparaît sous une couche d'encre noire. Un souvenir incrusté dans ma chair et qui fait écho au nouveau tatouage de Will. Un dessin éternel qui signifie que mon âme et mon cœur n'appartiennent qu'à lui.

21 mars 2013

Le bal de promo aura lieu dans trois mois et, comme chaque année, la direction a autorisé des sorties exceptionnelles pour les élèves au centre commercial proche du pensionnat quelques samedis après-midi. Escapade encadrée, bien sûr. Par des surveillants, évidemment. Et Will est chargé de nous, naturellement. En même temps, nous ne sommes pas très nombreux à avoir accepté la proposition. Et Sarah étant la sœur de Will, il a semblé logique qu'il soit notre chaperon, à notre grand regret.

Depuis mon anniversaire, à chaque fois que son comportement oscille entre indifférence et sourire en coin, entre insensibilité et frôlement, entre froideur et compliments soufflés au creux de l'oreille, je repense à ce qu'il m'a dit ce jour-là. Pendant une seconde, j'ai eu l'impression d'entrapercevoir le véritable Will, comme si le reste n'était qu'un rôle, que ce soit quand il joue au séducteur ou quand il se comporte comme un étranger. Ce qui est idiot ! Je le sais. Sarah dirait que je cherche surtout à le faire correspondre à une image idéalisée de lui. Que je cherche n'importe quelle excuse pour justifier mes sentiments.

— Et si nous allions voir ici, propose Sarah en pointant une boutique du doigt.

Je jette un coup d'œil sur l'endroit désigné. Bella Rosa. Une enseigne connue dans le milieu où j'ai grandi, là où qualité rime avec argent extorqué. Je ne savais même pas qu'il y avait une boutique ici, ce n'est pourtant pas habituel d'être implanté au milieu des vitrines plus modestes. J'imagine qu'il y trouve leur compte d'une manière ou d'une autre.

— Si tu veux, acquiescé-je, même si je sais qu'elle ne pourra pas acheter sa tenue ici.

Inutile de ternir son enthousiasme tout de suite, elle peut toujours prendre plaisir à essayer. Après tout, rien ne le lui interdit. Elle a le droit de rêver, elle aussi. Will n'émet aucune objection et nous suit en traînant des pieds lorsque nous pénétrons dans l'antre merveilleux de la soie, du satin et autres tissus hors de prix. La boutique ressemble au hall d'un hôtel chic avec des moulures au plafond, des murs en marbre rosé, du carrelage aux motifs parsemés d'or et aux lustres démesurés.

Une jeune femme rousse lève la tête et nous dévisage de derrière la caisse, un sourire commercial collé à ses lèvres botoxées alors que ses yeux nous scrutent, tentant de savoir si elle doit perdre son temps avec nous. Une femme aux cheveux argentés coiffés en un chignon sévère met fin à son dilemme, abandonnant l'agencement de la vitrine.

— Jacie, pouvez-vous finir de ranger la réserve, s'il vous plaît ? Je vais m'occuper de ces jeunes gens, dit-elle, le regard fixé sur moi.

Ou plutôt, sur le dernier cadeau hors de prix de ma mère, que j'ai enfilé sans y faire attention ce matin.

— Chemisier Verdiara de notre dernière collection, couleur lie de vin, récite-t-elle alors que son employée obéit sans un mot et disparaît dans l'autre pièce. Vous avez un goût sûr pour les belles choses, mademoiselle.

— Euh, merci, réponds-je ne sachant que lui dire d'autre.

En même temps, il n'y a aucun intérêt à lui révéler que je n'ai aucune responsabilité dans ce choix. Ni aucune raison de dire le contraire, vu qu'il s'agit d'un vêtement estampillé Bella Rosa.

— Que puis-je pour vous, mesdemoiselles ? nous demande-t-elle, estimant, grâce à ma tenue, qu'on a les moyens de dépenser dans sa boutique.

— Nous cherchons des robes pour notre bal de fin d'année, lui répond Sarah, en la désignant elle et Holly, les deux boursières de notre groupe.

Si elle savait, la propriétaire nous reconduirait à la porte de la boutique sans attendre, non sans oublier de nous faire comprendre qu'on est au mauvais endroit.

Au lieu de ça, elle nous invite à la suivre, non sans me dévisager à nouveau, me mettant mal à l'aise.

J'ai l'impression qu'elle me connaît, qu'elle connaît mon identité, ou du moins qu'elle en a une vague idée.

Ce qui ne serait pas étonnant, car même si nous ne passons pas beaucoup de temps ensemble avec ma mère, à chaque fois que c'est le cas, nos sorties se transforment en safari photo où je tiens le rôle d'une lionne. Résultat, mon visage s'affiche à chaque fois, par la suite, dans les pages des magazines people.

Je retiens Sarah par le bras avant qu'elle ne suive Holly et Laura. Elle me fixe, interrogative.

— J'ai envie d'aller aux toilettes, chuchoté-je à son oreille. Je reviens tout de suite.

Ou pas. Je vais prendre mon temps, déambulant dans les allées jusqu'à ce que Sarah finisse par me menacer pour m'obliger à revenir. Ce qui ne manquera pas d'arriver. Après tout, ce n'est pas comme si j'avais besoin d'une tenue, je l'ai déjà. J'ai juste accepté de participer à la sortie pour être avec mes amies, comme Holly. Et parce que Sarah n'aurait de toute façon accepté aucun refus.

Sans attendre de réponse de sa part, je quitte la boutique, ne sachant trop où aller, sous le regard étonné de Will qui se tient à l'écart du groupe. J'aperçois du coin de l'œil Sarah lui dire quelques mots, alors qu'il semble hésitant. Vu qu'il ne fait pas un pas pour me suivre, j'imagine qu'il estime, finalement, devoir rester avec la majorité.

Tant mieux !

Je jette un coup d'œil à gauche, puis à droite, et prends la direction des toilettes, au cas où des regards seraient encore posés sur mon dos, avant de bifurquer au dernier moment dans un angle. Changeant d'avis, j'opte pour aller prendre l'air, plutôt que de marcher le long des boutiques. Je pourrais me trouver un banc et profiter des quelques rayons de soleil, tout en laissant mon esprit faire une pause. Il ne fait pas encore assez chaud pour être obligé de s'enfermer et profiter de la climatisation. Je presse le pas, regardant tout de même quelques vitrines par-ci par-là au passage... jusqu'à ce qu'à quelques mètres de la sortie, l'une d'entre elles m'empêche de continuer. Nichée dans un recoin, caché de la plupart des visiteurs, l'enseigne d'un tatoueur me fait de l'œil et m'attire comme un aimant. C'est complètement idiot ! C'est déraisonnable ! Et pourtant... sans prendre la peine de réfléchir plus, je pousse la porte et entre dans un tintement de cloche. L'ambiance sombre est à l'opposé de celle de Bella Rosa. Je me sens immédiatement à l'aise. Les murs noirs sont remplis de photos, de dessins ou de gravures de toutes sortes, alors qu'une vitrine expose différents piercings aux couleurs variées.

Une jeune femme brune apparaît à travers un rideau en fils mauves, avec pour seul tatouage visible, un petit papillon bleu posé sur son sourcil droit.

— William Portman ! s'exclame-t-elle en fixant quelque chose dans mon dos.

Je me retourne brusquement et découvre que, perdue dans mes pensées, je ne l'ai pas entendu me suivre. Quelle idiote ! Croire qu'il me laisserait fuir sans rien faire, c'était complètement stupide de ma part.

Sans un mot ni un regard, il me dépasse et enlace la tatoueuse par-dessus le comptoir.

— Emma, ça fait longtemps, la salue-t-il avec chaleur.

— Trop longtemps, confirme-t-elle, en se détachant de son étreinte, une étincelle de reproche dans les yeux. Je sais que ce n'est pas facile pour toi, mais je ne suis pas Amanda, ne l'oublie pas.

Will lui lance un sourire sincère, de ceux qui détendent immédiatement les traits de son visage. Ceux que j'aimerais provoquer tout le temps. Ceux que j'aimerais être la seule à déclencher.

— Alors, que me vaut l'honneur de ta visite ? Tu n'es pas là seulement pour m'inviter à boire un verre, je me trompe ?

— Effectivement, même si tu ne me lâcheras plus maintenant, n'est-ce pas ?

— Aucune chance, rit-elle dans un sourire rayonnant. Tu me dois au moins ça pour avoir disparu de la circulation comme ça.

— Je te l'accorde, mais ce ne sera pas pour aujourd'hui. Pour le moment, j'accompagne cette jeune demoiselle, répond-il en passant un bras sur mes épaules.

— Et pour faire quoi au juste ? le questionne-t-elle en haussant les sourcils. Parce que, tu l'as peut-être oublié, mais ici, les mineurs ne sont pas autorisés sans accord parental.

— Aucun problème, Emma, je te signe une décharge tout de suite.

— Ne me prends pas pour une idiote, Will, réplique-t-elle d'un doigt accusateur. Tu es trop jeune pour être son père, et tu n'as pas les attributs nécessaires pour être sa mère.

— Mais, je suis assez beau pour être son frère, riposte-t-il avec un clin d'œil amusé. Emma, je te présente Sarah, ma sœur.

Ses mots me clouent sur place. Je reste bouche bée sous sa facilité à mentir. Rien ne laisse transparaître son manque d'honnêteté, que ce soit sur son visage ou dans le ton de sa voix. Un acteur hors pair. Je réalise brusquement qu'il est largement capable de donner l'impression d'être sincère sans l'être. Et qu'il a peut-être utilisé cette capacité le soir de mon anniversaire. Qu'il s'est peut-être une nouvelle fois joué de ma petite personne.

— Enchantée, Sarah, mais je suis désolée, que cet idiot soit ton frère ou non, ça ne change rien.

— S'il te plaît, tu pourrais faire une exception, tente de la convaincre Will, charmeur. Elle aura dix-huit ans dans quelques mois, après tout.

— Elle n'aura donc pas longtemps à attendre pour revenir.

Will continue de discuter avec la fameuse Emma. Je pourrais avouer la vérité, le mettre dans l'embarras, et repartir comme ça, sans rien faire. Seulement, il y a une chose qui me retient. Une chose que je n'ai pas envie d'ignorer. Cette lueur de défi qu'il a dans son regard, comme s'il pensait que j'étais, de toute manière, incapable d'aller jusqu'au bout.

— OK, tu as gagné, cesse ton numéro et signe ce document, ordonne-t-elle à mon faux frère en sortant une feuille et un stylo du tiroir du meuble derrière elle. Will me fixe alors qu'il remplit le papier avec une lenteur extrême. Son sourire semble dire « dernière chance de faire machine arrière ». Je ne baisse pas la tête, ne me laisse pas faire, et m'avance jusqu'au comptoir. La situation l'amuse, mais quand Emma découvrira la vérité, c'est lui qui passera un mauvais quart d'heure, pas moi.

— Tu as déjà une idée ? me demande-t-elle, en se détournant de Will.

Non.

Enfin, pas exactement.

Payer pour me faire un trou dans le corps et arborer un bijou fantaisie ne m'intéresse pas, mais imprimer un joli dessin sur ma peau est une autre histoire. J'y ai déjà songé des dizaines de fois. Et si je suis fixée sur l'endroit, ce n'est en revanche pas le cas pour le motif.

— Un petit tatouage au creux du poignet.

— Une des dix zones les plus sensibles, siffle-t-elle, impressionnée. Tu as au moins un point commun avec ton frère, tu ne crains pas la douleur.

Je n'ai pas le temps de savourer sa remarque à sa juste valeur, aussi insignifiante soit-elle pour elle, qu'elle me désigne une table basse en verre dans le coin de la pièce juste à côté de plusieurs poufs en forme de poire.

— Tu peux choisir un dessin dans les porte-documents, et dans ce cas, on pourra passer aux choses sérieuses. Ou tu peux me donner des instructions pour avoir quelque chose de plus personnel, mais dans ce cas, tu devras revenir une prochaine fois. Je n'ai pas le temps de réaliser l'esquisse et le tatouage, aujourd'hui.

Revenir. Ce sera compliqué. Je ne peux pas sortir du pensionnat sans l'autorisation de la direction et sans être sous surveillance. Will pourrait peut-être se porter volontaire, mais rien n'est moins sûr. Et puis, en ayant trop de temps pour réfléchir, je risque de me dégonfler comme un ballon de baudruche.

D'un autre côté, je n'ai pas non plus envie d'avoir quelque chose de commun, de passe-partout. J'ai envie de quelque chose de significatif en rapport avec Will. Quelque chose que je serai la seule à comprendre. Quelque chose que je porterai pour toujours.

Je ne devrais pas, pourtant. Je le sais. Je devrais me contenter d'une étoile, du huit de l'infini ou d'un truc du genre. Marquer mes sentiments pour lui à jamais dans ma peau, comme ils le sont déjà dans mon cœur, me fera plus de mal que de bien. Je ne pourrai plus jamais les oublier, même si je ne pense pas y être capable un jour, de toute manière. À chaque fois que mes yeux se poseront sur mon poignet, je penserai à lui. Que ce soit demain, dans dix ans, dans cinquante ans ou sur mon lit de mort.

— Désolé, Emma, ma sœur a toujours été longue à la détente, raille Will, me sortant de mes pensées. Il faut toujours qu'elle réfléchisse pendant des heures pour peser le pour et le contre.

— Quand on a un cerveau, autant s'en servir, ne puis-je m'empêcher de réagir sous l'attaque. Même si je sais que, pour toi, c'est une chose difficile à concevoir avec tes deux neurones qui se battent en duel.

Un éclat de rire puissant retentit dans la pièce.

— Elle t'a eu sur ce coup, se moque Emma, en le frappant à l'épaule, alors que Will me fixe avec étonnement et... admiration ? Je ne saurais le dire, mais il y a plus dans son regard. Une chose que je n'ai jamais lue. En tout cas, même si ma réaction a été un peu excessive et mon ton sec, ça a déclenché une émotion positive.

Je détourne la tête avant de rougir et de perdre l'avantage, et pose mon regard sur le mur derrière le comptoir. Accroché au milieu d'autres dessins, un morceau de papier sur lequel est tracé un cœur au crayon m'interpelle. Quoi de plus banal qu'un cœur ! Et pourtant, celui-ci est différent. Interceptant mon regard, Emma décroche le papier du bout des doigts alors que Will s'excuse pour répondre à son téléphone.

— Madrake Heart, c'est ainsi que j'ai nommé cette esquisse, dit-elle en me tendant la feuille. Elle représente un cœur pris au piège par une mandragore. Une plante toxique et aussi un remède très puissant. Elle peut être destructrice comme régénératrice.

— Comme l'amour, soufflé-je, fascinée en observant les traits de crayon. Le seul sentiment qui a le pouvoir de vous maintenir en vie ou, au contraire, de vous donner envie de mourir.

— Tu as l'air de connaître le sujet.

— Malheureusement, acquiescé-je avec un sourire vague sous son regard perdu.

20 décembre 2015, 17 h 56

Mes doigts se posent sur ce souvenir, sur ces quelques lignes qui représentent l'ampleur de mes sentiments. Je n'avais que dix-sept ans. Pour beaucoup de personnes, je n'aurais pas dû aimer aussi intensément. J'aurais dû profiter de ma jeunesse pour explorer, m'amuser, transpercer le ciel. Les gens avaient du mal à comprendre, parce qu'ils ne l'avaient pas vécu. Pour eux, cet amour m'empêchait de vivre. Ce qui était faux.

Will ne me clouait pas au sol, m'empêchant de déployer mes ailes. C'est sans lui que j'étais incapable de voler.

Une fois installée dans le fauteuil de tatouage, dans l'arrière-boutique, seule avec Emma, je n'ai pas hésité un seul instant à fixer la silhouette de Will quelque peu visible à travers le rideau de fils. Pendant que l'aiguille piquait mon épiderme gravant à jamais ce symbole dans ma peau, dans ma vie, j'ai gardé sous silence la douleur qui parcourait mes veines.

Et quand Emma m'a questionnée plus en profondeur sur la raison de mon choix, je n'ai pas réfléchi une seule seconde à lui répondre :

— Parce que mon cœur ne sera jamais libre d'aimer un autre que lui.

Les huit raisons de ne pas aimer William Portman

Emilia

20 décembre 2015, 18 h 02

Attirée par le bruit de voix étouffées, je réitère
l'expérience et tente à nouveau de me lever. Cette
fois-ci, mes jambes tiennent le coup. Je parviens à me
hisser hors du lit avant de remonter le couloir en
direction du salon, en me traînant comme une
personne âgée. Au moment où mes pieds se posent
dans la pièce, Will se dégage avec brutalité de
l'étreinte de sa sœur assise sur le canapé. Comme si
ma présence avait réveillé sa colère, il renverse le
contenu d'un coffret jaune sur le sol dans un éclat
sourd et sort de l'appartement en cognant violemment
la porte contre le mur. Sarah se lève avec urgence et
court après lui en criant, sans prendre le

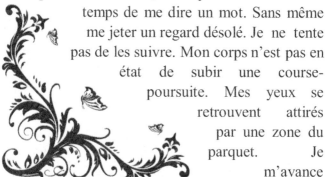

temps de me dire un mot. Sans même
me jeter un regard désolé. Je ne tente
pas de les suivre. Mon corps n'est pas en
état de subir une course-
poursuite. Mes yeux se
retrouvent attirés
par une zone du
parquet. Je
m'avance

lentement vers la cheminée et m'agenouille sur le sol, les larmes aux yeux. Cette boîte est l'un de mes biens les plus précieux, car loin de renfermer des babioles sans intérêt, elle conserve des objets qui n'ont pas de prix. Elle garde à l'abri les souvenirs d'un premier amour devenu réalité.

Je ne savais pas qu'il connaissait ce petit secret. Je croyais que personne n'était au courant. Will arrive encore à me surprendre, à me montrer que même s'il est loin d'être un grand romantique, il me connaît.

Qu'il m'est impossible de lui cacher quelque chose.

Un morceau de papier déplié attire mon attention, corné et abîmé à divers endroits, signe d'une manipulation excessive. C'est un miracle qu'il ait survécu sans se déchirer. Même les lignes écrites à l'encre noire sont encore parfaitement visibles.

« Les huit raisons de ne pas aimer William Portman ». Une liste qui m'a tenu compagnie pendant des mois avant d'être reléguée au fond du coffret. Ce jour où, l'espace d'une seconde, j'ai cru que la vie m'offrait enfin une chance d'être heureuse. Ce jour où Will a utilisé les mêmes mots que Sarah, les mêmes mots que Josh, me brisant le cœur.

23 avril 2013

Allongée sur ma serviette, la tête posée sur mes bras repliés, une paire de lunettes teintée sur le nez, je tente de me détendre sous les rayons du soleil et d'oublier que, dans quelques mois, une nouvelle vie s'ouvrira à moi.

Loin de Sarah, même si on s'est juré de garder le contact et de faire en sorte de se voir pendant nos vacances.

Loin de Josh, même s'il insiste déjà pour recevoir au moins un texto par semaine.

Loin de Johanne, même si elle ne cesse de me dire que sa maison est aussi la mienne.

Loin de Will, même si... rien. Loin de Will, c'est tout.

C'est le début de la fin.

Nos routes finiront par suivre des tracés différents et n'auront plus aucune raison de se croiser. Ce n'est qu'une question de temps. Je vis mes derniers moments avec ma famille de cœur.

— Tricheur, hurle Sarah en envoyant le ballon sur la tête de Josh avant de sauter sur son dos, s'accrochant à ses épaules.

Je les regarde avec le sourire, tâchant d'oublier le reste et de profiter simplement de cette virée improvisée sur la plage de Myrtle Beach. Josh arrive à mettre à terre sa sœur avant d'abandonner le terrain de beach-volley pour courir en direction de la mer. Sarah se relève en quatrième vitesse et s'élance à sa suite, en criant qu'elle ne le laissera pas gagner. Will, lui, préfère revenir jusqu'à nos affaires, d'un pas nonchalant. Son tee-shirt, porté disparu, le laisse simplement vêtu d'un short de bain noir qui contraste avec sa peau dorée par le soleil. Me retrouver seule avec lui, mauvaise idée. Même si j'ai encore envie de lézarder, je me redresse et bondis sur mes pieds, attrapant mon sac au passage.

— Il n'y a pas le feu. Où cours-tu comme ça ?

— Nulle part en particulier, j'ai juste envie d'aller prendre quelques photos.

Et surtout rester loin de toi, ajouté-je, mentalement.

J'ai besoin d'un moment, seule, à photographier le paysage sans devoir contenir mes sentiments, sans devoir faire attention à chacun de mes mots.

— Je connais un coin parfait pour ça, suis-moi, m'ordonne-t-il en partant en direction des rochers.

— Tu ne devrais pas aller rejoindre Sarah et Josh ?

Des éclats de rire proviennent jusqu'à nous alors que le frère et la sœur s'amusent dans les vagues.

— Ils n'ont pas besoin d'un chaperon, tu sais.

— Très drôle.

Je jette un coup d'œil de l'autre côté de la plage, admirant au loin les dunes qui m'attendent.

— Sauf si une escapade en ma compagnie te fait peur, petite Mia, me lance-t-il par-dessus son épaule.

Son visage ressemble trait pour trait à celui qu'il avait ce jour-là dans le salon de tatouage. La même expression, la même lueur de défi. Et son « petite Mia » qui se met à tourner en boucle dans mon esprit.

Will arbore un sourire narquois. Il sait où appuyer, comment me manipuler. J'ai parfaitement conscience qu'il continue de jouer, que répondre lui donne de l'importance. Qu'ainsi, je lui concède la victoire.

Je ne devrais pas me laisser faire.

Seulement, mon cœur est en contradiction avec ma raison. Et même s'il souffre à chaque fois, il continue de battre plus vite, de me supplier de l'écouter. Mes résolutions s'envolent en fumée.

Dans un silence pesant, il me précède de quelques pas et délimite le chemin à emprunter alors que je lui emboîte le pas avec difficulté. Je n'ai déjà pas le meilleur équilibre du monde, mais alors sur des pierres mouillées, c'est encore pire.

Comment a-t-il eu l'idée de se perdre au milieu des rochers ? Qu'est-ce qui l'a poussé à explorer la zone la première fois ?

En tout cas, il a l'habitude, aucun doute là-dessus. Est-ce son coin de solitude ?

Je me rattrape une nouvelle fois in extremis alors qu'une de mes tongs glisse dans une crevasse entre les pierres.

— Je ne pense pas que ce soit une bonne idée, Will. Je vais faire demi-tour avant de me casser une jambe ou…

— Grimpe, me coupe-t-il, noyant la fin de ma phrase.

— Que… Quoi ?

Sans attendre, il plie ses genoux pour qu'il me soit possible de monter sur son dos.

— Grimpe, répète-t-il en détachant les syllabes comme s'il parlait à une enfant.

— Tu es dingue, objecté-je, en secouant la tête de gauche à droite. Il n'en est pas question. On va finir par se rompre le cou.

— Dépêche-toi, Mia.

— C'est trop dangereux.

— Il faut savoir prendre des risques dans la vie, déclare-t-il en appuyant ses dires d'un clin d'œil. Pourquoi ai-je l'impression qu'il ne parle pas simplement de la situation actuelle ? Pourquoi je détecte comme un sous-entendu dans sa phrase ?

Je jette un coup d'œil en arrière, prête à revenir sur mes pas alors que son « Il faut savoir prendre des risques dans la vie » tourne et tourne en boucle.

— Je vais finir par avoir une crampe, Mia. Grouille, on n'a pas toute la journée.

Bon sang ! Au diable la prudence !

Je pose mes mains sur ses épaules et me hisse sur son dos, essayant de trouver la position adéquate. Quand je cesse de gigoter, Will se redresse et recommence à avancer entre les rochers, plus lentement, jusqu'à ce qu'au bout de plusieurs minutes, il me prenne par surprise et, d'un geste expert, me fasse coulisser vers l'avant. Sans m'en rendre compte, je me retrouve collée à son torse, le visage à quelques centimètres du sien. Le sablier du temps s'arrête, mettant le monde sur pause. Combien de secondes ? Combien de minutes ? Impossible à dire. La seule chose qui compte ce sont nos regards plongés l'un dans l'autre, sans un mot, sous le bruit de nos respirations mêlé à celui des vagues. Un instant qui aurait pu être magique dans d'autres circonstances, si j'avais lu de l'amour dans ses yeux. Seulement, je n'y vois que le reflet de mes sentiments. Rien de plus.

— Tu commences à être lourde, tu sais, finit-il par dire, avec un sourire ironique.

Ce n'est pas tant sa moquerie non dissimulée que le son de sa voix qui agit comme un électrochoc. Et ce n'est pas pour lui donner raison, pour qu'il ait le sentiment d'avoir gagné, que je me détache et enfonce mes pieds dans le sable, mais pour me prémunir.

J'observe les lieux, préférant me perdre dans le paysage, et constate, émerveillée, que Will avait raison sur ce point. Cette petite crique coupée du reste du monde, nichée entre deux blocs de roches, est splendide. Un endroit hors du temps.

— C'est magnifique ! m'exclamé-je, un immense sourire aux lèvres.

Sans perdre un instant, je retire les bretelles de mon sac, le lâche sur le sol, et en sors mon appareil photo. Je tournoie sur moi-même, observant les moindres détails, fascinée et enchantée à l'idée de pouvoir immortaliser ce décor sur papier glacé.

J'abandonne immédiatement mes tongs et grimpe sur une pierre lisse qui surplombe la mer. Je prends plusieurs clichés avant de redescendre et de filer droit dans l'eau. Je m'avance jusqu'à ce que les vagues lèchent le bas de mon short en toile puis me tourne, me plaçant face à la crique et fige l'instant sur pellicule à plusieurs reprises. J'ai hâte de pouvoir admirer le résultat.

Je regagne la terre ferme, les grains de sable s'accrochant à mes pieds mouillés, tout en réfléchissant à ma prochaine prise de vue, quand mes pensées sont soudainement interrompues par une phrase que j'aurais voulu ne jamais entendre de la bouche de Will.

— Les huit raisons de ne pas aimer William Portman.

Je lâche mon appareil photo, heureusement accroché par une sangle autour de mon cou, déglutis fortement avant de bouger jusqu'à me retrouver face à lui. Mes yeux glissent le long de son bras, et sans surprise, je découvre un morceau de papier déplié dans sa main.

— Tu devrais faire un peu plus attention à tes affaires, Mia.

— Et toi, tu devrais arrêter de prendre ce qui ne t'appartient pas, répliqué-je en colère, essayant de lui arracher la feuille.

Will me devance et la met hors de portée, en riant.

— Trop tard, Mia.

Et d'ajouter avec un ton faussement vexé :

— Comment peux-tu croire que je suis un vulgaire voleur ? Sache, petite Mia, que je n'ai fait que le ramasser pour t'aider. Sans ma présence d'esprit, tu aurais pu le perdre à jamais.

— J'aurais préféré, marmonné-je à voix basse.

— Quelle perte ça aurait été ! s'exclame-t-il, se régalant de me mettre mal à l'aise.

Pour lui, certainement. Il parcourt déjà la liste avec avidité.

— Sérieusement ? Le céleri ? C'est une de tes raisons. Tu aurais pu trouver autre chose, Mia, surtout que de toi à moi, je n'aime pas réellement ça. Je ne valide donc pas ce point.

— Qui a dit que j'avais besoin de ton approbation ?

— Personne, mais quitte à tenir une liste, autant qu'elle soit exacte.

— Je…

— Et puis, tant qu'on y est, il y a déjà quelque temps que j'ai cessé de te voir comme une gamine de douze ans. En fait, depuis le soir où tu m'as fusillé du regard en me disant que tu n'étais plus une enfant. Cette lueur féroce qui brillait dans tes yeux, un mélange de colère et de déception, a changé ma perception.

Mon cœur s'emballe dans ma poitrine alors que ses doigts retirent mon élastique et viennent se perdre dans mes cheveux, tirant doucement dessus pour entraîner mon visage vers l'arrière.

— Tu es soudainement devenue fascinante, avoue-t-il dans un murmure au creux de mon cou, alors que ses lèvres effleurent ma carotide.

Mes mains se crispent sur ses épaules alors que ses dents mordillent un morceau de peau, imprégnant sa marque dans ma chair.

— Mais, il y a une chose sur laquelle tu as raison, concède-t-il en s'éloignant d'un pas, m'obligeant à redresser la tête pour le fixer dans les yeux. Je ne serai jamais amoureux de toi. Tu peux avoir mon corps, si tu le souhaites, mais tu ne pourras jamais posséder mon cœur…

Sa main libre attrape l'une des miennes et la place sur le haut de son torse avant de la glisser jusqu'au centre des sentiments.

—… car je n'en ai pas.

Accepter au péril de me perdre ou refuser et abandonner tout espoir à jamais. Sans réfléchir, mes lèvres frôlent les siennes, les goûtant pour la seule et unique fois dans une déclaration inattendue et sincère. Un baiser qui ne chante pas comme un cri de désespoir, mais comme un cri du cœur.

— Alors, qu'en penses-tu, petite Mia ? N'est-ce pas agréable de prendre des risques ?

— Non, chuchoté-je, les larmes aux yeux, avant de m'éloigner la mort dans l'âme.

Un désistement de dernière minute qui me rend plus vide que jamais.

20 décembre 2015, 17 h 21

La sonnerie du téléphone chasse ce souvenir, et alors que les images s'envolent déjà, emportant les sensations qui les accompagnent. Je remercie en silence cette intervention qui, même si elle arrive un peu tard, m'empêche de prolonger ce retour dans ce passé douloureux.

J'aurais pu céder, toucher du bout des doigts mon rêve et en profiter. J'aurais pu accepter, me perdre une nuit dans ses bras pour compenser la douleur de la perte de mon premier amour. Seulement, je ne voulais pas d'une nuit. Je souhaitais des jours par milliers, des mois par centaines, des années par dizaines. Je désirais l'éternité à ses côtés.

Ce n'est pas la fin, petite sœur.

C'est le commencement d'une nouvelle vie.

Emilia

Le téléphone sonne à nouveau, avec insistance. Qui que ce soit, cette personne veut absolument parler à l'un de nous deux. Et si c'était Josh ? Ou Sarah ? Ou Johanne ? Je me relève précipitamment, n'obtenant comme résultat qu'un vertige et avance d'à peine un pas avant qu'une voix s'élève dans le répondeur, remplaçant la tonalité. Une voix que, malgré les années, je n'ai aucun mal à identifier. Une voix que je n'ai jamais pu oublier.

— Salut, Will, c'est Amanda.

Pause.

J'attends la suite qui peine à venir, sourcils froncés.

— Tu vas sûrement trouver ça étrange après tout ce temps, mais… écoute, c'est Emma qui m'a donné ton numéro, elle m'a dit pour Emilia.

Comment ça « elle m'a dit pour Emilia » ? Qu'est-ce que ça signifie exactement ? Est-ce que Will s'est confié à elle alors même qu'il me refuse ce droit ?

— Je suis désolée, Will. Et pas seulement pour ta petite amie. Je suis navrée pour tout ce que je t'ai fait subir. Sincèrement. J'ai changé et... enfin, bref, je voulais juste te dire que si tu avais besoin d'une amie pour parler, je suis là.

Le message n'est pas terminé. Elle n'a pas raccroché. Sa respiration est encore audible à travers le répondeur. Pourtant, elle ne dit plus rien.

Jusqu'à ce qu'après quelques secondes de silence, elle lâche dans un murmure :

— Je serai toujours là pour toi, Will.

La tonalité remplace les mots alors que mon bras retombe le long de mon corps. Le silence reprend ses droits. Timing parfait ! Will refuse de me parler, de s'expliquer. Notre couple est au bord du précipice et elle débarque comme une fleur. Comme ce jour-là, quand elle est revenue après presque deux ans d'absence.

18 mai 2013

— Prête, Mia ?

Je me détourne de la fenêtre de notre chambre, d'où j'observe les va-et-vient des invités, et pose mon regard sur Holly qui m'attend, appuyée contre le chambranle de la porte.

— Pas du tout, répliqué-je avec un petit rire nerveux.

Mais quand il faut y aller, il faut y aller. Je n'ai pas le choix. Je la rejoins, croche son bras, et ensemble, nous traversons les couloirs du pensionnat en direction du gymnase. Pour l'occasion, celui-ci a été transformé en galerie d'art, avec de grands panneaux blancs sur lesquels ont été accrochées les photos du club de l'école, dont plusieurs des miennes.

Holly a tenu à m'accompagner pour ne pas me laisser seule, Laura et Sarah ayant été réquisitionnées. Même si je ne les vois pas, je les imagine parfaitement indiquer pour la millième fois aux nouveaux venus le chemin. Être obligées de jouer les guides lors des soirées organisées par la SCPS n'est pas la tâche qu'elles préfèrent, mais elles ont signé aussi pour ça. Elles n'ont pas le choix.

— Mince, j'ai oublié le cadeau pour ma mère. Tu m'attends là, je reviens tout de suite, s'excuse-t-elle en grimpant les marches deux à deux.

L'anniversaire de sa mère ayant lieu la semaine prochaine, elle a décidé de profiter de sa présence ce soir pour le lui souhaiter un peu en avance.

Je me pose contre la statue en marbre représentant une sorte de lion ailé à l'écart du passage. Même si je peux continuer ma route, seule, je ne lui ferai pas ça. Elle risque de croire que j'ai été enlevée par des extraterrestres ou pire. Que Will m'a enfermée quelque part. Elle et Sarah se sont transformées en mère poule depuis la fin des dernières vacances.

Même si je n'ai rien dit, elles ne sont pas aveugles et ont remarqué mon changement d'humeur. Elles savent que, d'une manière ou d'une autre, Will en est la cause et font tout pour qu'on se croise le moins possible. Elles n'ont pourtant pas besoin d'en faire autant. Je suis devenue une experte dans la technique de l'évitement et de l'ignorance, même si sa présence me manque et que son absence me fait souffrir.

— Excuse-moi, est-ce que tu connais William Portman ?

J'abandonne la contemplation de mes chaussures pour me retrouver en face d'une jeune femme aux longs cheveux bruns, copie presque conforme d'une tatoueuse au papillon bleu. J'en reste bouche bée.

Une main se pose sur mon épaule et me sort de ma torpeur.

Holly me regarde, inquiète. Je tente de lui adresser un sourire, qui doit davantage ressembler à une grimace, au vu de son froncement de sourcils.

— Non, désolée, parviens-je à articuler à une Amanda qui me fixe, agacée.

Et sans un mot de plus, j'attrape le bras de mon amie et l'entraîne à la suite des invités, abandonnant le fantôme de mes cauchemars derrière nous.

— Mia, doucement, on ne va pas être en retard, ne t'inquiète pas.

Je ne la contredis pas. Mieux vaut qu'elle pense ça plutôt qu'elle sache, qu'en réalité, je cherche à mettre le plus de distance possible, le plus rapidement possible, entre Amanda et nous. Entre Amanda et moi. Seulement, alors que l'on s'apprête à entrer dans le gymnase, un nœud dans ma poitrine m'empêche de respirer. Je lâche Holly et m'arrête brutalement juste au niveau de la porte. Un couple ronchonne avant de nous contourner, en nous lançant des regards mécontents.

— Mia, cesse de stresser, tente de me rassurer Holly d'une voix calme, sa main libre posée sur mon épaule. Tout va bien se passer. Les gens vont adorer tes photos, j'en suis sûre.

Si elle savait qu'en ce moment, connaître l'avis des autres sur mon travail est le dernier de mes soucis. Je me fiche d'être acclamée ou descendue par des pseudo-amateurs constitués principalement des parents des autres élèves. La mienne n'a même pas fait le déplacement. Je m'en fiche, à vrai dire. Son avis ne compte pas. Quant à Johanne, elle n'a pas pu venir, vu qu'elle s'est cassé la jambe quelques jours plus tôt. Josh a promis de filmer l'exposition pour elle, mais je sais déjà ce qu'elle va me dire. Que ce soit des bons ou mauvais, elle me félicitera avec le sourire.

C'est autre chose qui me perturbe, un mauvais pressentiment qui me tord les boyaux. Qu'est-ce qu'Amanda fait là ? La question vient me frapper comme un uppercut.

La mère d'Holly remonte la vague des invités à notre rencontre. Mon amie m'abandonne pour la retrouver. J'en profite pour m'éclipser, faisant abstraction des appels d'Holly dans mon dos. Je m'excuserai plus tard.

Je traverse en courant la cour, sous les regards étonnés des derniers arrivants, avant de me stopper net en entendant un rire provenir du hall. Un rire grave, puissant, masculin. Le sien.

J'avance d'un pas, puis d'un autre et encore un autre, tout en restant à l'écart.

Le couple, en partie dissimulé par l'un des imposants escaliers en pierre, est enlacé, complice comme au premier jour. Ou du moins, comme j'imagine qu'ils l'ont été avant leur rupture. Amanda murmure quelques mots à l'oreille de Will, ce qui le fait sourire. Il dépose rapidement ses lèvres sur les siennes tout en l'entraînant dans la direction opposée à la mienne. Mes yeux se posent sur leurs mains entremêlées avec désespoir. Un simple geste qui fait s'effondrer toutes mes barrières. Ils ont l'air heureux, amoureux.

— Putain, j'hallucine.

Je me décale légèrement et me dévisse le cou pour avoir une meilleure vue, car je n'ai eu aucun mal à reconnaître la voix de Sarah.

Elle n'est pas seule. Josh est à ses côtés. Tous les deux bloquent le passage, empêchant le couple d'avancer.

Le visage de mon amie est tendu par la colère et elle semble sur le point de sauter sur Amanda, toutes griffes dehors, tandis que l'aîné de la fratrie la retient d'une main posée sur son bras. Connaissant Josh, il est évident qu'il ne fait pas ça pour sauver Amanda du courroux de sa sœur, mais plutôt pour éviter à cette dernière de s'attirer des ennuis. Être impliquée dans une bagarre ne lui vaudrait que des problèmes : plusieurs heures de retenue, une mention dans son dossier, voire une exclusion temporaire.

— Je savais que tu pouvais être con, Will, crache-t-elle avec rage, mais là, c'est au-dessus de tout. Qu'est-ce qu'elle fout là ? Qu'est-ce que tu fiches avec elle ? Comment peux-tu la laisser te remettre le grappin dessus après ce qu'elle t'a fait ?

— Ne te mêle pas de ça, Sarah, tonne Will, menaçant. Ce ne sont pas tes affaires.

— Et en quel honneur ? siffle sa sœur. Tu es mon frère, ma famille. Tu…

Elle ne termine pas sa phrase et se dégage de l'emprise de Josh en hurlant de rage.

— Toi, la pétasse, je vais te faire ravaler ton sourire.

Je ne l'ai jamais vue autant en colère. Elle ressemble à une furie. Elle lève la main dans le but d'asséner une gifle à Amanda, mais Will s'interpose avant qu'elle ne touche son visage et lui attrape le poignet. Pendant une minute, les deux s'affrontent du regard, et, finalement, Sarah capitule, les larmes aux yeux. Elle récupère son bras d'un geste brusque et se détourne pour rejoindre l'escalier qui mène à notre dortoir. Au moment de poser son pied sur la première marche, elle se retourne vers Will, blessée, les yeux teintés de douleur.

— Tu préfères peut-être l'occulter, mais moi, je ne peux pas l'oublier, commence-t-elle d'une voix tremblante. À cause d'elle, tu étais une épave, Will.

— Sarah...

—... tu étais un mort-vivant parce qu'elle a joué avec tes sentiments, continue-t-elle, lui coupant la parole. Et pourtant, c'est elle que tu choisis aujourd'hui.

— Je ne choisis personne, Sarah. C'est n'importe quoi.

— Bien sûr que si. Et quand tu prendras conscience de ton erreur, il sera trop tard, le met-elle en garde.

Elle se détourne et commence à monter les marches d'un pas rapide tout en lançant par-dessus son épaule :

— Ne compte pas sur moi pour te regarder répéter la même erreur.

Mon amie disparue de leur champ de vision, Amanda tire sur le bras de Will, l'obligeant à contourner Josh qui, s'il est resté silencieux jusque-là, ne reste pas les bras croisés et attrape son frère au passage.

— Je ne serai pas là, cette fois-ci, Will, le prévient-il, sans trace de colère dans la voix.

Josh a plus de sang-froid et de self-control que Sarah, cependant, même si c'est dit d'un ton neutre, l'avertissement est clair.

— Mia ! me hèle Laura en sortant du couloir qui mène au réfectoire.

D'un même mouvement, tous se tournent dans ma direction, s'apercevant seulement maintenant de ma présence. Josh m'observe d'un regard tendre et désolé, Will semble n'en avoir rien à faire, alors qu'Amanda me dévisage avec un énorme sourire victorieux.

— Mia, tout va bien ? demande Laura, une fois à mes côtés, sans avoir remarqué les autres personnes présentes dans le hall.

— Elle a gagné, me contenté-je de murmurer.

— Qu'est-ce que tu dis ?

— Elle a gagné, répété-je en reculant de quelques pas, les yeux toujours rivés sur eux.

Et de prendre, d'un seul coup, la fuite, avant que Laura ne se décide à me poser une nouvelle question. Je ne réfléchis pas. Mes jambes décident seules du chemin à prendre. Je bouscule les retardataires qui empruntent l'entrée secondaire en passant près de la galerie d'art improvisée et file avant que le surveillant puisse m'arrêter. Tant pis si par la suite on me punit pour avoir quitté l'enceinte du pensionnat. Pour le moment, j'ai besoin d'air, besoin de courir pour m'éloigner de cette existence maudite.

Parce que là, tout de suite, j'ai compris quelque chose. Will prétend ne pas avoir de cœur, mais c'est faux. Il n'est pas incapable d'aimer quelqu'un. Cela aurait été finalement plus simple. Nous sommes juste dans la même situation. Son cœur n'est pas libre d'aimer une autre qu'Amanda. Quoi qu'elle fasse.

À bout de souffle, mes jambes refusent de continuer à me porter. Je me laisse glisser sur le sol entre deux poubelles et laisse subitement échapper un cri de douleur alors que quelque chose s'enfonce dans la peau de mon mollet.

Je jette un coup d'œil à la blessure, découvrant avec horreur le morceau de verre qui s'est planté là. Mes doigts se posent dessus alors que les larmes brouillent mes yeux. Après un instant d'hésitation, je ferme les paupières et arrache d'un coup sec le morceau qui dépasse, me mordant la langue pour ne pas hurler.

Bordel de merde !

Mes paupières se soulèvent brusquement sous le coup de la douleur qui irradie mon corps.

Une longue plaie teinte de rouge ma chaussette blanche alors que le sang trace un chemin, mais ce n'est pas ce qui retient mon attention.

Hypnotisée par la lumière qui se reflète dans le verre, je le tourne et retourne dans ma main, sans réellement réfléchir.

— Pose ça, Mia, avant de te faire encore plus de mal.

La voix de Josh me fait lever la tête dans sa direction. Il est là, debout, à m'observer avec inquiétude.

— Pourquoi ? Une simple caresse sur ma peau et tout sera terminé, chuchoté-je, le cœur brisé. Il n'y aura plus de douleur, plus de solitude.

— Et plus de vie, murmure Josh, en s'agenouillant à mon niveau. Il n'y aura plus rien, à part le néant.

Avec un geste d'une lenteur extrême, sans me quitter des yeux, il me prive de ma porte de sortie. Mais l'aurais-je emprunté de toute manière ? Certainement pas. Quoi qu'on en pense, il faut du courage pour en finir. Il faut croire que je n'en ai pas suffisamment.

Les doigts de Josh dénouent ma cravate et la font glisser jusqu'à ce qu'elle soit totalement enroulée autour de sa main. Comme mes pensées qui s'enroulent autour de ma langue avant de sortir alors qu'il s'occupe de panser ma blessure.

— Je devrais me réjouir, être heureuse pour lui. C'est censé être comme ça quand on aime quelqu'un, non ?

— Personne ne te le demande, Mia, dit-il en essuyant mes joues baignées de larmes, une fois son travail achevé. L'amour est un sentiment égoïste et ceux qui disent le contraire ne font que jouer la comédie. Tu as le droit d'être malheureuse, d'avoir le cœur brisé…

Il pose un doigt sous mon menton et m'oblige à relever la tête jusqu'à ce que ses yeux se plantent dans les miens. Je n'avais même pas réalisé que j'avais à nouveau baissé le regard.

—… mais tu ne dois pas laisser cette histoire te gâcher la vie. Tu n'as que dix-sept ans. Un jour, tu rencontreras quelqu'un d'autre. Quelqu'un qui te fera sourire au lieu de pleurer. Quelqu'un qui s'échinera à te rendre heureuse au lieu de te détruire. Quelqu'un qui acceptera de te partager avec tes livres, juste parce qu'il sait que tu ne peux pas vivre sans eux.

— Et ce ne sera pas Will, c'est ça ?

— Non, admet-il, avec regret. J'aimerais pouvoir te dire le contraire. Crois-moi ! J'aimerais tellement. Mais, non, ce ne sera pas Will.

— Parce qu'il l'aime, elle.

Josh hoche la tête, à contrecœur.

— Tu trouveras un Shayne, un Victor, un Chester ou que sais-je. J'en suis certain.

— Chester ! ricané-je sans pouvoir m'en empêcher, entre deux sanglots. Comme le chien de ton voisin ?

— J'aurais peut-être dû choisir un autre nom, mais ça a, au moins, eu le mérite de te faire un rire.

Ses mains prennent mon visage en coupe et ses doigts effleurent ma peau, recueillant les quelques larmes qui s'échappent encore de mes yeux.

— Je sais que tu as l'impression que cette douleur te consume de l'intérieur, qu'elle ne s'en ira jamais, mais, crois-moi, tu vas t'en sortir.

Ses bras m'attirent contre lui alors que ses lèvres se posent sur mon front.

— Ce n'est pas la fin, petite sœur. C'est le commencement d'une nouvelle vie, dans laquelle ton cœur sera à nouveau libre.

20 décembre 2015, 17 h 34

Je n'ai pas osé dire à Josh que mon cœur ne serait jamais libre. Que même s'il avait raison, que même si je croisais le chemin de mon Chester, mon cœur ne cesserait jamais de battre pour Will. Parce qu'il lui appartenait. Car c'est de cette manière qu'il fonctionne. Je l'ai toujours su.

Tomber amoureuse a été quelque chose de terrifiant et de délicieux, un mélange de sensations contradictoires qui s'est insinué dans mes veines, qui a remplacé mon oxygène.

J'aimais Will. Et je l'aime toujours. Pas juste de cet amour décrit dans les livres avec le cœur qui bat la chamade, mais d'un amour indescriptible. Et c'est peut-être ce qu'il y avait de plus beau dans mes sentiments, qu'ils ne soient pas enfermés dans une case, mais totalement libres, particuliers et uniques. Comme lui.

Je l'ai haï de m'avoir aimée et je l'ai haï de m'avoir abandonnée.

Amanda

Les mains de Lance enlacent ma taille et son visage se pose dans le creux de mon cou alors que mes doigts reposent mon téléphone portable sur le comptoir de la cuisine. Malgré ma peine, je souris en sentant ses lèvres effleurer ma nuque. Un simple geste d'amour pour lequel il m'a fallu du temps à accepter.

— Tu as réussi à joindre Will ?

Je me tourne pour lui faire face et entoure sa nuque de mes mains. Lance connaît tout de mon passé. Je ne lui ai rien caché. Il connaît l'importance de mon histoire avec Will et que c'est grâce à lui que je suis devenue celle que je suis aujourd'hui. Il a conscience que sans ça, nous ne serions pas ensemble.

Mon expression doit me trahir, car il s'empresse de déposer un chaste baiser sur mes lèvres.

— Pourquoi n'irais-tu pas le voir directement ?

— Je ne crois pas que ce soit une bonne idée de débarquer à

l'improviste, dis-je simplement. Encore moins maintenant avec ce qui arrive à Emilia.

On a déjà eu cette discussion des dizaines de fois depuis que j'ai émis l'idée de renouer avec Will, sans jamais sauter le pas. Et si, cette fois-ci, j'ai pris mon courage à deux mains pour lui faire savoir que j'étais là, ce n'est clairement pas le meilleur moment pour lui de me trouver à sa porte.

— C'est comme tu veux, Mandy. Je n'aime pas te voir souffrir, c'est tout.

Souffrir. Est-ce le terme exact ? Peut-être pas, mais je comprends ce que cela sous-entend. L'absence de Will n'est pas un déchirement. Elle ne m'arrache pas le cœur. C'est avant tout le regret de ne pas avoir pu lui présenter mes excuses qui est à l'origine de ma démarche. Et aussi, le maigre espoir de renouer avec notre ancienne amitié. Celle qui a existé, à un moment, entre nous.

Souffrir. C'est, en revanche, le terme exact pour ce que Will doit ressentir en cet instant. Emilia est son grand amour. Je l'ai su, même avant lui. Elle est celle qui a réussi à le reconstruire, à lui donner ce dont il avait besoin, ce dont il avait réellement envie. Une relation stable, épanouie. Et il est en train de la perdre.

La porte de l'appartement s'ouvre à la volée sur une petite fille brune.

— Tatie, tonton, regardez ce que maman m'a appris à faire, crie Clarissa en courant vers nous.

Je quitte les bras réconfortants de mon petit ami et me baisse à la hauteur de ma nièce. Tandis que Lance salue ma sœur, je jette un coup d'œil sur son dessin.

— C'est un pillon bleu comme celui de maman, babille-t-elle, joyeuse, son sourire édenté.

— Papillon, la reprends-je avec bienveillance. Il est magnifique, ma puce.

Je lui ébouriffe les cheveux avant de me relever alors qu'elle file déjà montrer son œuvre d'art à Lance. Celui-ci la prend dans ses bras et l'emmène dans le jardin tout en la félicitant. Je croise le regard de ma sœur. Ses yeux parlent pour elle. En tout cas, ses yeux me parlent. J'ai toujours réussi à lire dans son regard, comme elle dans le mien. Peut-être un truc de jumelles.

Je lui fais « non » de la tête. Elle est déçue, même si elle s'y attendait en me donnant le numéro de Will. Elle sait qu'il n'a pas forcément envie de me revoir.

Elle a renoué des liens avec lui, quand il s'est présenté pour accompagner Sarah, qui était en fait Emilia, pour un tatouage, et a continué de le voir après, même quand elle a découvert la supercherie. Elle lui a fait passer l'envie de recommencer, lui arrachant une promesse, mais elle n'a pas pu lui en vouloir longtemps.

Elle l'a immédiatement apprécié, à l'instant même où ils se sont croisés pour la première fois. Je n'avais pas prévu de faire les présentations, mais le destin a choisi une route différente, poussant ma jumelle à venir me rendre visite sur le campus, chose qu'elle ne faisait jamais, un jour où Will et moi étions ensemble. Elle l'a tout de suite trouvé drôle, charmant, intelligent.

Il aurait été plus simple qu'il tombe amoureux d'elle au lieu de moi. Il aurait pu éviter de finir avec le cœur piétiné, réduit en miettes.

Mais le passé est le passé. On ne peut rien y changer. Et si notre histoire s'est mal terminée, elle a le mérite de nous avoir menés vers nos âmes sœurs.

— Ce n'est pas grave, soupiré-je, en détournant le regard.

Pour tout dire, même si je n'ai pas vu Will depuis un moment, je le connais encore suffisamment pour m'être préparée à son manque de réponse. Comment lui en vouloir quand on sait ce que je lui ai fait subir ? Au début, Will n'était qu'un binôme de projet pour la fac, un étudiant comme les autres. Quelqu'un que j'avais prévu de ne plus calculer après la remise du dossier.

Et puis, à force de se côtoyer, de s'amuser, on est devenu amis. Il était différent de mes autres fréquentations. Je me sentais à l'aise avec lui, j'avais l'impression de pouvoir être moi-même en sa compagnie. Je n'avais pas besoin de devoir correspondre aux attentes de mes parents, de jouer à la femme parfaite pour contrebalancer les choix de vie d'Emma qui a préféré vivre de sa passion et élever son enfant seule.

Petit à petit, l'image de l'étudiante modèle s'est effacée au profit de ma véritable identité. Ou du moins, au profit de celle que je croyais vraiment être. Loin de le faire fuir, Will est resté. Malgré mes imperfections, malgré mes défauts, il m'a toujours acceptée dans ses bras.

Être avec lui me permettait de retirer mon masque et de souffler un peu. Sans surprise, nous avons commencé à sortir ensemble, mais nos attentes n'étaient pas les mêmes. J'avais juste besoin d'une histoire sans attache, d'un exutoire à la pression familiale. Je l'ai usé, détruit, pour mon bien-être jusqu'à ce qu'il prononce ces trois petits mots, ce « je t'aime » qui a tout changé.

J'ai claqué la porte après lui avoir jeté ses sentiments à la figure. Il n'était rien d'autre qu'un défouloir, qu'un amusement, qu'une bouée qui m'aidait à rester à la surface de l'eau. Il n'avait jamais été question d'amour. Ce n'était pas dans le contrat.

Et puis, quand les choses se sont dégradées, quand ma vie a de nouveau pris l'eau, mes pas m'ont à nouveau menée à lui. J'avais besoin de Will parce qu'il m'était inférieur, parce qu'il avait la capacité d'être amoureux, et que, de ce fait, il était faible. Je m'en fichais de le blesser, du moment que, moi, j'allais mieux.

Sauf qu'en réalité, j'avais tort. J'étais la perdante dans l'histoire. J'étais la plus faible des deux. Et j'ai été incapable de ne pas le détester pour avoir changé ma perception des choses. Je l'ai haï de m'avoir aimée et je l'ai haï de m'avoir abandonnée.

Ma sœur m'enlace brièvement, me sortant de mes pensées. J'ai la chance d'avoir construit une vie avec Lance, Emma et Clarissa. J'ai appris à vivre avec les erreurs de mon passé, avec les remords et les regrets. Je suis juste désolée qu'à cause de ça, aujourd'hui, je ne puisse pas être là pour Will, comme il a été là pour moi.

Ne pas courir. Ne pas pleurer. Surtout ne pas lui donner la satisfaction de me voir souffrir.

Emilia

20 décembre 2015, 17 h 45

Je me dirige vers la chambre, déterminée à m'enfoncer sous la couette et à dormir jusqu'à ce que cette journée se termine et qu'une nouvelle commence. Oublier Amanda. Oublier Josh. Oublier Sarah. Oublier Will. Juste fermer les yeux et ne plus penser à rien. Même pas rêver. Plonger seulement dans l'obscurité. Demain, tout ira mieux. Demain, les choses seront rentrées dans l'ordre. Demain, Will me prendra dans ses bras et déposera un baiser au coin de mes lèvres. Demain, Sarah me téléphonera comme chaque jour pour me raconter sa journée. Demain, Josh m'enverra des blagues par textos. Demain, toute cette histoire ne sera plus qu'un lointain souvenir qui rejoindra ceux qui me hantent depuis des heures.

Je me laisse tomber sur mon lit, notre lit, et m'allonge en position fœtale, le regard rivé sur le cadre jaune posé sur la table de nuit.

La photo prise à l'occasion de notre première véritable sortie en amoureux me fait de l'œil. Mes yeux pétillent de malice et un immense sourire flotte sur mes lèvres alors que Will a le visage caché dans mon cou. On est heureux. On est tellement…

J'entends des pas sur le sol et bouge quelque peu la tête. Will est là, debout dans l'embrasure de la porte, son front calé contre le tranchant de la porte. Nos regards se croisent, ne se quittent pas, laissant les secondes s'étirer pour devenir des minutes, jusqu'à ce qu'il reprenne soudainement conscience.

Sans un mot, il contourne le lit et s'enfonce dans le matelas dans un grincement familier et réconfortant. Je me retourne pour me retrouver nez à nez avec lui. L'espace de quelques secondes, tout semble normal. On est là, tous les deux, comme on l'a été des dizaines et des dizaines de fois par le passé.

C'est comme si rien n'avait changé. Un sourire ourle ses lèvres et un « je t'aime » s'échappe de sa bouche, comme tous ces soirs où on s'est endormi l'un près de l'autre.

Un véritable baume qui soulage mon cœur malmené. Un pansement qui répare quelque peu les blessures de mon âme.

Jusqu'à ce qu'il me tourne le dos et que tout s'effondre à nouveau.

— Pourquoi ne me prends-tu pas dans tes bras ? chuchoté-je, des larmes dans la voix.

Seule sa respiration me répond, alors que, dans sa main, brille une broche en forme de fleur.

21 juin 2013

Sarah rassemble mes cheveux sur le côté, après avoir joué du fer à boucler, et les attache à l'aide d'une broche en forme de fleur qu'elle a dénichée dans une brocante lors des dernières vacances.

— Et voilà, Mia, tu es magnifique, s'extasie-t-elle, en posant son visage sur mon épaule, les yeux fixés sur notre reflet.

Je laisse courir mon regard de haut en bas dans le long miroir collé sur le mur de notre chambre.

— Magnifique, c'est un peu fort, mais cette robe est jolie, c'est vrai.

Le style pin-up avec la taille ceinturée par un bandeau de tissu noir, l'évasé du jupon blanc et la forme du décolleté me convient parfaitement. Johanne a visé juste en m'offrant cette pépite, contrairement à ma mère. Celle-ci risque d'ailleurs de faire un infarctus en découvrant, sur les photos du bal, que j'ai remisé au placard la robe qu'elle avait prévue.

— C'est toi qui es magnifique, Mia, insiste Sarah, les mains sur mes épaules. Et ce, peu importe ce que tu portes…

Elle m'oblige à me tourner vers elle et accroche à mon poignet son bracelet de breloques. C'est encore une de ses idées sorties de nulle part. Elle a décidé de me prêter son bijou pour la soirée et a décrété que je devais en faire de même. Elle porte, du coup, ma paire de boucles d'oreilles préférée.

—… ou ce que tu dessines sur ton corps, termine-t-elle en effleurant mon tatouage.

Quand on s'est retrouvées dans la chambre, seules, alors que tout le monde était à l'exposition photo, et que Josh lui a avoué que j'avais tout entendu, Sarah m'a prise dans ses bras et a bercé mes larmes pendant des heures, tout en parlant. De tout, de rien, de mes sentiments, de ses sentiments, de Will, d'Amanda. J'ai fini par lui dire la vérité sur ce tatouage, sur sa signification, et sur le rôle de son frère. Elle était déjà en colère contre lui, elle l'a été encore plus après. Même si, en réalité, elle y cache une profonde tristesse. Elle a l'impression de le perdre, qu'il ne sera plus jamais celui qui jouait à cache-cache avec elle, tout en faisant semblant de ne pas la trouver, que celui qui écoutait avec elle Johanne chanter des berceuses a disparu pour toujours.

— Waouh ! Emilia, tu es très jolie.

Je me détache de mon reflet et me tourne vers la porte. Mal à l'aise dans son costume noir, Benny ne cesse de tirer sur sa veste, un peu trop courte pour lui, tout en me fixant. Je lui souris doucement pour l'encourager à se détendre, même si, au fond, mon état n'est pas réellement différent du sien.

— Merci, tu n'es pas mal non plus, le complimenté-je à son tour.

Même si sa tenue de soirée n'est pas ajustée, qu'elle est trop petite d'au moins une taille, cela n'enlève rien à son charme naturel. Ses cheveux blonds et ses yeux bleus attirent facilement le regard et plusieurs filles du pensionnat ont espéré recevoir une invitation de sa part, même si Benny n'est pas exactement quelqu'un de populaire. Quand il a fini par me proposer d'être sa cavalière, je suis restée sans voix. Par le fait qu'il ait eu le cran de faire le premier pas, lui qui est connu pour être timide. Et surtout, par sa question.

Ce n'est qu'après avoir eu un pied écrasé par Sarah et sous le regard insistant de Holly, que j'ai fini par bredouiller un « oui » peu convaincant, mais suffisant.

— Ton cavalier t'attend, Mia, file avant qu'il change d'avis, murmure-t-elle avant de me pousser vers lui.

Je me laisse faire, à contrecœur. J'aurais préféré tenir mon lit et ne pas bouger de la soirée, mais c'est notre dernière soirée tous ensemble. Je dois en profiter. Et je n'ai pas le droit d'abandonner Benny au dernier moment. Ce n'est pas sa faute si j'ai toujours rêvé d'y aller avec un autre que lui.

Le jeune blond glisse le corsage blanc et noir dans un geste délicat autour de mon poignet gauche. Celui sans mon tatouage. C'est une requête de ma part. Sarah n'a pas compris quand je lui ai demandé de mettre son bracelet à droite, mais s'est exécuté sans me poser de questions. C'est peut-être idiot, mais je ne veux pas que le cadeau de mon cavalier côtoie le souvenir créé pour celui que j'aime. Je trouve ça malhonnête pour lui.

Benny enlace ses doigts aux miens et m'approche de lui dans un câlin innocent, un bras autour de ma taille. Une étreinte qui ne me procure aucune palpitation, aucune joie, juste un léger sentiment de réconfort.

Un flash m'éblouit alors que Sarah immortalise le moment à la dérobée. Elle me jette un coup d'œil par-dessus l'appareil photo. Elle est heureuse de me voir passer à autre chose. Elle est heureuse de me voir laisser une chance à quelqu'un d'autre. Elle est heureuse d'y croire, car au fond, on sait toutes les deux, que la seule raison qui m'a poussée à accepter l'invitation de Benny, c'est elle.

Je lui fais un petit geste de la main avant de me laisser entraîner par mon cavalier à travers les couloirs et la cour jusqu'au gymnase transformé pour l'occasion en salle des fêtes. Plusieurs premières années nous accueillent, un faux sourire aux lèvres. Ils préféreraient largement faire la fête avec nous, au lieu de passer leur soirée à vérifier nos identités et à nous ouvrir les portes. Je n'ai jamais été à leur place, contrairement à Sarah. Elle s'est suffisamment plainte pour me donner l'impression d'y avoir aussi participé. Nous passons sous une arche de ballons multicolores tout en foulant le tapis rouge qui trace le chemin jusqu'à l'intérieur. Les membres du comité se sont surpassés. Une scène a été installée dans le fond, sur laquelle un groupe de musique payé pour la soirée commence à mettre de l'ambiance. Sur le mur, derrière eux, une immense étoile illumine la pièce à l'aide des nombreuses guirlandes électriques qui pendent du plafond.

Je repère immédiatement Laura dans sa robe jaune flamboyant avec Dylan, son petit ami, dans la file des couples qui attendent d'être pris en photo dans le coin showroom délimité par une corde rouge, et un lycéen en costume noir avec lunettes de soleil sur le nez qui imite la posture des videurs de boîtes de nuit.

— Ton amie est juste là, crie Benny par-dessus la musique d'une playlist crachée par les haut-parleurs, en me montrant une table du doigt. Tu veux quelque chose à boire ?

— Je veux bien, merci.

Il dépose un léger baiser sur ma joue avant de prendre la direction du buffet, pendant que mes pas me mènent jusqu'à Holly, assise, un verre à la main.

— Où est Steve ? lui demandé-je, en prenant place à ses côtés.

— En train de draguer, réplique-t-elle, amusée, en le désignant d'un mouvement de la tête.

Au centre de la piste de danse improvisée, le cousin de Holly tente de convaincre Katya de danser un slow avec lui, à renfort de grands gestes, de sourires soi-disant charmeurs et de blagues foireuses. Sa technique habituelle de drague qui, comme à chaque fois, échoue lamentablement. Et ça n'a rien à voir avec le fait que Katya préfère les femmes, même si ça n'aide pas.

La mine déconfite de Steve en apercevant la jeune femme enlacer sa cavalière nous déclenche un fou rire. Qui ne se calme pas le moins du monde en le voyant revenir les pieds traînants et le visage rouge de honte.

— Tu aurais pu me le dire, lance-t-il à sa cousine sur un ton accusateur.

— Tu avais qu'à me poser la question, riposte-t-elle, une fois à nouveau capable de parler.

Steve lui jette un regard noir et repart à la recherche d'une nouvelle « conquête ». Le cavalier de Holly s'est cassé la jambe la semaine dernière, et elle a dû choisir entre venir accompagnée de son cousin, qui est une année en dessous de nous, ou venir seule. Elle a opté pour la première solution, mais se retrouve, tout de même, dans la seconde.

— Je n'arrive pas à le comprendre, parfois, souffle-t-elle en secouant la tête. Il faut vraiment être idiot pour croire que le bal de promo est le lieu idéal pour draguer.

Et il faut vraiment être aveugle pour être un garçon et tenter sa chance avec Katya. Elle n'a jamais caché son attirance pour les filles. Je croyais que tout le lycée était au courant, mais il faut croire que non.

Une chaise râcle sur le sol et Sarah s'y laisse tomber. Harry en fait de même, prenant place à côté d'elle. Le mois dernier, elle a accepté de lui donner une seconde chance, et même si elle ne pense pas être réellement amoureuse, elle m'a avoué qu'elle passait de bons moments avec lui. Elle a décidé d'en profiter, sachant pertinemment qu'ils seront, de toute manière, bientôt séparés. Comme nous tous.

Benny revient et pose mon verre sur la table avant de s'installer sur la dernière chaise. Je le remercie d'une petite voix et fixe de nouveau la piste. Steve s'est trouvé une cavalière pour une danse, mais elle semble aussi heureuse que lors d'un rendez-vous chez le dentiste. Le visage crispé, elle se tient aussi loin que possible de lui avant de parvenir à se soustraire de l'étreinte du cousin de Holly en quelques secondes et à rejoindre une table de l'autre côté de la salle.

— Je devrais avoir honte de son comportement ou être désolée pour lui, mais je n'y arrive pas, rit Holly, les yeux pétillants. Le voir se faire rembarrer égaye ma soirée.

— Le punch aussi, ajoute Sarah.

Holly jette un coup d'œil dans son gobelet vide avant de lancer un « C'est pas faux » qui nous amuse.

Benny se penche vers elle et l'invite à danser, ce qu'elle accepte avec joie, après m'avoir demandé d'un regard la permission, qu'elle obtient sans problème. Elle se lève en attrapant la main qu'il lui tend et se laisse entraîner vers la piste.

Il est décidément le petit ami que la plupart des filles recherchent : mignon, gentil, prévenant, attentionné.

Il est le genre de petit ami que je devrais rêver d'avoir.

Pourtant, en les voyant danser ensemble, je ne ressens rien. Ni jalousie, ni convoitise, ni contrariété.

Je n'avais aucun doute sur mes sentiments à son égard, mais si ça avait été le cas, il n'y en aurait plus à cet instant précis.

Et même en essayant, en faisant des efforts, c'est…

Il faut croire que je préfère les mecs imparfaits, les bombes à retardement prêtes à me détruire.

Ceux comme Will.

Sarah et Harry m'abandonnent pour profiter à leur tour de la piste de danse. Holly revient à la fin du slow alors que Benny reste planté à la même place, son regard croisant le mien dans une demande silencieuse.

Je quitte mon refuge à contrecœur, alors que Holly me murmure un « Ton cavalier te réclame, ma belle » et me mêle à la foule qui commence à grossir. Les premiers accords de guitare en direct remplacent la musique diffusée par les haut-parleurs, et annoncent le début de la prestation du groupe.

Benny enserre ma taille et, par obligation, mes mains encerclent sa nuque. Je ne suis pas du tout à l'aise, ainsi offerte au regard des autres, même si personne ne se soucie de nous, chacun perdu dans sa bulle ne s'occupant que de sa propre existence. J'ai tout de même l'impression d'être observée, jugée.

D'un pas mal assuré, je tente de me calquer sur les mouvements de mon cavalier et sur le rythme de la mélodie. Ce qui est loin d'être concluant. Ce n'est pourtant qu'un slow, rien de difficile en soi. Il suffit de tourner en rond. Ce qui n'est pas si évident, visiblement, dans mon cas. Je ne compte pas le nombre de fois où mes pieds écrasent ceux de Benny, où une grimace de douleur traverse ses lèvres, où le mot « désolée » sort de ma bouche.

Cette danse est un calvaire. Une horreur !

Qui, heureusement, ne dure pas longtemps. La musique change dans un solo de batterie et le tempo s'accélère. Le premier tour pour les romantiques s'achève, laissant la place à une ambiance plus festive. Les couples se séparent et les groupes d'amis se forment pour vibrer ensemble, s'amuser sans penser au lendemain.

Les mélodies s'enchaînent, les rires fusent.

Sarah se déhanche sur la musique du film *Pulp Fiction* avec Laura, qui a fini par nous rejoindre, tout en hurlant les paroles de la chanson tandis que les garçons exécutent à la perfection une danse de robots, même si ce n'est pas la musique appropriée. Holly et Harry tentent d'imiter les acteurs et s'imaginent participer à un concours de twist. Je les rejoins, sous les supplications de mon amie, et bouge mes hanches en effectuant des mouvements approximatifs dus à mon manque de coordination. Nous sommes ridicules. Tous autant que nous sommes, nous avons l'air absurdes.

Et tellement heureux.

Je m'imprègne de cette image, de ce dernier moment d'insouciance avant que notre vie change.

20 décembre 2015, 18 h 21

Will quitte le lit en silence et s'enferme dans la salle de bain jouxtant la chambre. Je jette un coup d'œil au réveil : 18 h 21. Trente minutes. Il n'a tenu qu'un peu plus de trente minutes en ma compagnie, comme si c'était insupportable pour lui d'être en ma présence. Je n'arrive pas à retenir mes larmes.

Je suis tellement vide, tellement fatiguée.

Je ne me suis jamais sentie aussi seule qu'aujourd'hui, et pourtant, la solitude, je la connais. Un père qui m'a abandonnée, une mère quasiment absente.

J'ai été seule la majeure partie de ma vie.

Je pose mes yeux sur la place vide à mes côtés. Les draps bleus froissés portent encore les traces de son corps. Je m'y abandonne, la tête enfouie dans son oreiller, respirant son odeur à pleins poumons, en le suppliant de m'aimer à nouveau.

21 juin 2013

Les applaudissements fusent alors que Laura et Dylan descendent de l'estrade après avoir été couronnés. Le nouveau couple royal débute un slow sous les regards de toute la promotion.

Enfin, presque tous les regards.

Le mien est absorbé par autre chose.

Comme s'il avait choisi cet instant précis, Amanda apparaît au bras de Will, dans sa robe rouge foncé. Elle lance un coup d'œil à la ronde jusqu'à ce qu'elle tombe sur notre table. Son sourire s'élargit alors qu'elle ose même un clin d'œil dans ma direction avant de se coller davantage à son cavalier.

Mes poings agrippent avec force la nappe noire, mouvement qui attire l'attention de Sarah. Elle jure à voix basse en les apercevant à son tour. On pensait qu'il viendrait seul pour jouer son rôle de chaperon. On s'est plantées en beauté, malheureusement.

Sous le coup d'une impulsion, j'attrape la main de Benny et rejoins les duos qui commencent à se joindre à Laura et Dylan. Mon cavalier me dévisage, étonné, mais ravi, avant de poser ses mains sur mes reins et de m'approcher de lui, dans une position qui se veut plus complice qu'en début de soirée. Je le laisse faire et pose même ma tête sur son épaule. C'est inconfortable, mais j'évite d'y penser et ne bouge pas d'un centimètre.

Jusqu'à ce que mon démon personnel change la donne.

— Puis-je t'emprunter ta cavalière ? demande Will, la main posée sur l'épaule libre de Benny.

Je relève le visage à l'entente de sa voix. Le frère de Sarah me regarde avec un sourire engageant.

— Sans problème, lui répond Benny, n'ayant pas connaissance de notre histoire commune.

Ou plutôt de notre histoire à sens unique.

— Merci, mon pote.

Will remplace Benny alors que je jette un coup d'œil autour de nous, dans l'espoir de pouvoir lancer un appel à l'aide à Sarah ou Holly, mais elles ne sont nulle part en vue. Pour une fois que j'ai réellement besoin d'elles, elles sont aux abonnés absents. Tu parles de gardes du corps !

Oh, et puis merde ! Je suis une grande fille. Après tout, je n'ai pas besoin d'elles pour me sauver, je peux le faire toute seule. C'est bien ce que je ne cesse de leur dire.

J'agrippe les mains de Will, tentant de le repousser, mais il ne se laisse pas faire. Je redouble d'efforts, sans pouvoir le déloger, et mon regard antipathique ne m'aide pas non plus.

— C'est juste une dance, Mia, rien d'autre, lance-t-il, amusé par mon comportement. Entre amis.

— Amis ? répliqué-je en haussant un sourcil. Nous ne sommes pas amis, Will. Nous ne l'avons jamais été.

— Alors, tu n'as qu'à voir ça comme un premier pas pour le devenir, riposte-t-il, avec un sourire sincère, qui me cloue sur place.

Je devrais lui mettre un coup de genou stratégique et le laisser seul au milieu de la piste. Lui faire comprendre. Je devrais, je le sais.

Seulement, le savoir et le faire sont deux choses différentes.

Je l'ai déjà vu mentir comme un arracheur de dents et, au fond, une petite voix me murmure qu'il joue encore la comédie.

Sauf qu'elle n'est pas la seule. Et qu'une autre voix me hurle que ce n'est peut-être pas le cas, qu'il est peut-être honnête, cette fois-ci.

Elle prend le dessus, me convainc de lui laisser une chance, de lui laisser le bénéfice du doute.

Et, je n'ai pas la force de refuser.

Mon corps réclame le sien, réclame de le sentir, réclame de se nourrir de cet instant suspendu entre nous.

Et comme si le destin voulait s'en mêler, le chanteur du groupe commence à chuchoter les paroles *d'Here without you*. Cette chanson qui hante mes nuits depuis des mois, depuis que le CD de Will a atterri entre mes mains.

La prise de mes doigts se relâche et Will en profite pour se rapprocher jusqu'à ne plus pouvoir faire un pas. Il me serre de la même manière que Benny quelques secondes plus tôt, mais avec lui, ça prend une autre dimension. Parce que ce sont ses mains qui sont posées sur mes reins. Parce que c'est sur son torse que ma tête repose. Parce que c'est son cœur que j'écoute battre. Parce que c'est son souffle chaud qui chatouille mon visage alors que nos pieds se déplacent en parfaite synchronisation.

Le sablier du temps arrête de s'écouler, les grains de sable suspendus dans les airs. Rien ne compte plus à l'exception de nos deux corps qui se meuvent en rythme, que le bruit de notre respiration commune. Pendant quelques minutes, nous partageons une seule et même vie.

Les dernières notes retentissent, me faisant soulever les paupières. Entourés de plusieurs couples, nous sommes presque entièrement cachés à la vue des personnes installées aux tables, mais pas à ceux qui sont debout à côté du buffet. L'étincelle de tristesse qui hante les yeux de Holly me donne envie de pleurer. La fureur dans le regard de Sarah qui fixe amèrement son frère me fait mal au cœur. Quant à Benny… Brûlée par sa douleur, je trouve le courage de repousser brutalement Will et de me détourner, pour tomber sur Amanda qui nous observe, tout sourire, l'air de dire « Il t'a prévenue pourtant, tu ne pourras jamais avoir son cœur ».

Et là, tout rentre à sa place. Le rêve s'effondre, la réalité reprend ses droits, et le temps s'écoule à nouveau normalement.

Qu'une danse entre amis ? Un premier pas pour le devenir ? Ou plutôt jouer le jeu de sa petite amie ?

Je quitte le gymnase d'un pas rapide, la tête haute. Ne pas courir. Ne pas pleurer. Surtout ne pas lui donner la satisfaction de me voir souffrir.

— Emilia, attends-moi.

Une main s'abat sur mon épaule et Benny m'oblige à lui faire face. Sans même me laisser le temps de réagir, ses mains prennent mon visage en coupe et ses lèvres se posent sur les miennes dans un geste brusque, mais aussi avec douceur. Un baiser qui me prend au dépourvu et qui ne me procure aucune sensation.

Sous mon manque de réaction, mon cavalier n'insiste pas et recule d'un pas.

— Je crois qu'il vaut mieux que je retourne à l'intérieur, dit-il, mal à l'aise.

— Je suis désolée, Benny, j'aurais vraiment aimé…

— Ne t'excuse pas, me coupe-t-il, sans aucune trace de rancœur dans la voix. On ne choisit pas de qui on tombe amoureux, n'est-ce pas ?

Il enfonce les mains dans ses poches, m'adresse un dernier sourire gêné et me laisse seule.

20 décembre 2015, 18 h 28

La sonnerie du téléphone portable me fait sursauter, me sortant brusquement de ce mauvais souvenir. Je relâche l'oreiller et me redresse d'un seul coup alors que Will sort en trombe de sa cachette et décroche avec empressement. Quelques paroles incompréhensibles sont échangées en vitesse avant qu'il ne disparaisse dans le couloir, sans même un coup d'œil dans ma direction.

Sans perdre de temps, je quitte les couvertures et cours après lui, le retrouvant près de la porte d'entrée.

— Où est-ce que tu vas ?

Il me lance un regard vide et impersonnel, prend ses clés et sort sans un mot. Je le poursuis, décidée à avoir une réponse, déterminée à ne pas le lâcher sans comprendre, cette fois-ci, mais les choses ne se déroulent pas comme prévu. Et alors que Will disparaît dans l'escalier, mes yeux se voilent et mon esprit tombe dans l'obscurité.

Pourquoi ne partages-tu pas ton chagrin avec moi ?

Emilia

20 décembre 2015, 18 h 44

Qu'est-ce qu'il se passe ? Comment me suis-je retrouvée ici ? pensé-je en observant les médecins et les infirmières déambuler dans les couloirs aseptisés. Ils parlent, marchent, obéissent à des ordres bruyants qui se mêlent dans mon cerveau encore cotonneux. Ils continuent de travailler comme si ma présence était normale, comme si je faisais entièrement partie de ce lieu alors que je suis là, plantée au milieu de leur passage. Personne ne me prête attention, ne me regarde, ne me parle. Ni les soignants ni les personnes qui occupent les chaises en métal installées contre le mur blanc et qui attendent des nouvelles de leur proche, le visage inquiet.

Qu'est-ce que je fais là ?

Désorientée, je tourne sur moi-même à la recherche d'un visage familier, ou tout du moins, avenant jusqu'à me sentir sur le point de défaillir.

Je me laisse tomber sur une chaise à côté d'une femme âgée, habillée et coiffée à la hâte, dont la canne tournoie encore et encore entre ses mains. Elle semble incapable de s'arrêter, comme si le fait de se focaliser sur ce mouvement l'empêchait de sombrer.

C'est ça ! Il faut me concentrer, ne pas me laisser aller, et tout faire pour avoir les réponses à mes questions.

Je me relève, déterminée, repoussant le vertige qui tente de se frayer un chemin, et m'approche du comptoir où un infirmier tape à une vitesse folle sur un clavier d'ordinateur, les yeux fixés sur l'écran.

— Excusez-moi, l'interpellé-je d'une voix hésitante.

Il ne lève pas la tête, ne dit rien, n'a aucune réaction. Il continue simplement sa tâche comme si je n'étais pas là.

— Excusez-moi, répété-je plus fort et avec plus de fermeté.

Toujours rien.

Au moment où je m'apprête à frapper un coup sur le comptoir, un médecin me frôle et lui tend un dossier avec quelques recommandations. L'infirmier le remercie avant de se lever, laissant son collègue repartir.

Il n'est donc pas sourd, il m'ignore, c'est tout. Mais pourquoi ?

Je n'ai pas le temps de m'interroger plus sur cet étrange comportement, car mon petit ami débouche d'un pas rapide d'un couloir voisin.

— Will, crié-je en commençant à lui courir après.

Je tourne à droite puis à gauche et finis par le rejoindre alors qu'il est assis sur une chaise, ses mains passant et repassant sur son visage. Soulagée de l'avoir retrouvé, je ralentis la cadence et m'avance jusqu'à lui lentement.

— Will, murmuré-je, tentant en vain d'attirer son attention.

Je m'agenouille à son niveau et essaye d'intercepter son regard, mais rien n'y fait. Il se contente de fixer quelque chose dans mon dos.

— Je n'en peux plus, Will, me lamenté-je, épuisée. S'il te plaît, parle-moi, explique-moi, dis-moi ce qui ne va pas.

Et encore une fois, seul le silence me répond alors qu'il se lève et, après avoir soufflé un coup, se dirige vers la porte, sans m'accorder le moindre regard.

Une attitude qui accentue la distance qui nous sépare, physiquement et émotionnellement. Une de ses mains se pose sur le battant, tandis que l'autre entoure la poignée. Ses gestes sont lents et hésitants. Son front est appuyé contre la surface dure. Je l'observe, intriguée. Je ne l'ai jamais vu autant pleurer que ces dernières heures.

— Pourquoi es-tu si triste ? lui demandé-je à nouveau, comme au début de toute cette histoire, n'ayant jamais obtenu de réponse. Pourquoi ne partages-tu pas ton chagrin avec moi ?

Sans un mot, Will pousse finalement le battant et pénètre dans la chambre avant de refermer derrière lui, juste après m'avoir laissé le temps de le suivre.

J'ai l'étrange sensation que toutes les explications se trouvent dans cette pièce sans âme, aux murs blancs et ternes.

Au centre, allongé sur un lit, le corps d'une jeune femme, caché par les couvertures, se soulève au rythme d'une respiration calme.

Qui est-ce ?

J'ai la sensation d'avoir la réponse sur le bout de la langue, qu'au fond, je connais la réponse à toute cette histoire depuis le début, sauf qu'il m'est simplement impossible de l'accepter.

Will s'assoit sur le bord du matelas et commence à parler à voix basse, mais je ne l'entends pas. Je vois seulement ses lèvres bouger alors que le bip du moniteur cardiaque envahit l'intérieur de mon crâne.

— Will, l'appelé-je, en grimaçant.

Mes mains enserrent ma tête, alors que le bruit devient de plus en plus fort, de plus en plus insoutenable.

— Will, répété-je, avec difficulté.

Mon petit ami ne bouge pas, ne me vient pas en aide, se contentant de caresser les cheveux châtains de la jeune malade, tout en posant sur elle un regard amoureux.

Ses doigts dégagent son visage dans une caresse et l'offrent à ma vue.

Et alors l'impossible devient réel.

En proie à l'incompréhension, je me laisse glisser le long du mur alors que mon cœur s'affole et que mon environnement s'efface brutalement.

Elle a déjà fait des miracles, elle peut recommencer.

Will

J'enroule mon doigt autour d'une mèche de cheveux de Mia comme des centaines de fois auparavant, mais cette fois-ci elle ne réagit pas. Elle ne tourne pas son visage dans ma direction, elle ne me lance pas un de ses magnifiques sourires, elle n'entoure pas mon cou de ses mains pour me rapprocher d'elle et me voler un baiser. Ses yeux restent obstinément clos, ses lèvres ne forment pas mon prénom et sa respiration ne s'accélère pas. Elle est comme…

… Morte.

Le mot jaillit d'un seul coup dans mon esprit. Plongée dans le coma, elle ressemble à une morte, à une enveloppe vide, sans âme. Les médecins m'ont prévenu, m'ont préparé à toutes les éventualités. Sauf à un retour à la normale, même si, sous mon insistance, ils ont fini par lâcher que c'était une possibilité.

Une faible probabilité, peut-être, mais elle

existe. Et je m'y accroche comme à une bouée de sauvetage.

Pour les médecins, il est évident que Mia quittera bientôt le monde des vivants, qu'elle n'ouvrira plus jamais les yeux.

Je ne peux m'y résoudre. Malgré leur mise en garde, je ne peux accepter cette idée. Tant que les battements de son cœur lui insufflent un peu de vie, il y a de l'espoir. Et même si elle n'est pour le moment qu'une coquille vide, elle reste Mia. Elle est forte, têtue. C'est une battante. Elle a déjà fait des miracles, elle peut recommencer. Elle doit recommencer.

Ma bouche effleure la sienne alors qu'une larme tombe sur sa joue.

Pourquoi est-ce que la vie nous inflige ça ?

Pourquoi m'avoir offert le bonheur pour me l'arracher presque aussitôt ?

Est-ce ma punition pour lui avoir fait du mal, pour avoir failli la détruire ?

18 mai 2013

Je n'ai le droit de n'inviter personne dans ma chambre, pas même un autre surveillant.

C'est une des clauses de mon contrat de travail qui peut entraîner la perte de mon emploi.

Je l'ai respecté sans problème jusqu'à maintenant. Il faut dire que ça n'a pas été difficile. Aucun de mes collègues n'a dépassé le stade des politesses d'usages, et il n'était pas question d'ouvrir ma porte à Sarah ou à l'une de ses amies. Nous avons chacun notre vie, et c'est parfait comme ça.

Seulement, là, tout de suite, il y a une personne avec laquelle j'ai envie d'être seul, dans un coin tranquille. Quelles qu'en soient les conséquences sur mon avenir ici. Amanda est là. Elle est revenue. C'est tout ce qui compte pour le moment.

De toute manière, il ne reste que quelques mois avant la fin de l'année et je n'ai pas spécialement envie de rempiler pour un an, de renouveler l'expérience.

Et puis, tout le monde est occupé avec l'exposition du club photo. A priori, personne ne nous a vus, il y a donc peu de chance que ça vienne à se savoir.

Allongé à côté d'Amanda, je laisse mon regard courir sur elle à la recherche du temps perdu, mais elle est exactement comme au premier jour. Elle a toujours son grain de beauté sur l'épaule, n'a pas de nouvelle cicatrice, et me dévisage de la même manière avec délectation. Les mois éloignés l'un de l'autre n'ont rien changé à son emprise ni à mes sentiments. Elle est toujours celle qui me donne l'impression d'être vivant.

— Will, hurle Josh, en frappant un grand coup sur la porte comme s'il était sur le point de la défoncer.

Je plonge dans le cou d'Amanda, tentant de faire abstraction de mon frère. Bon sang ! Qu'est-ce qu'il veut ? Il m'a pourtant clairement fait comprendre qu'il ne souhaitait pas entendre parler d'Amanda et moi. Alors, pourquoi ne commence-t-il donc pas à me foutre la paix dès maintenant ?

— Fiche le camp, Josh, lui crié-je de mon lit.

Les coups redoublent, et la colère dans le ton de sa voix ne fait qu'augmenter à mesure qu'il répète la même chose. Putain ! Il ne va pas lâcher l'affaire. Il a décidé de nous empêcher de fêter nos retrouvailles dignement, c'est ça ?

— Fait chier, maugréé-je, énervé contre lui.

Il va finir par se faire remarquer à force de beugler de la sorte, et par m'attirer des ennuis pour rien.

Je remets rapidement mon tee-shirt qui a atterri sur la chaise de bureau près de la seule fenêtre alors qu'Amanda réajuste sa robe, mécontente. Les soupirs d'agacement qui passent la barrière de ses lèvres ne laissent aucun doute. Mes pieds nus glissent sur le sol carrelé, me faisant frissonner. C'est une des choses que je déteste dans cette chambre, avec sa taille ridiculement petite qui me pousse à être au maximum dehors, même hors de mes heures de services.

— Josh, tu fais vraiment chier, grommelé-je entre mes dents serrées.

Ma jambe droite bute contre l'un des pieds du lit et me fait perdre l'équilibre alors que je retiens le cri qui veut s'échapper de ma gorge.

Merde ! Merde ! Merde !

Je me rattrape de justesse à la commode et ouvre le battant d'un coup sec, dans une colère noire.

— Qu'est-ce que…

La fin de ma phrase se perd alors que le poing de mon frère rencontre mon visage, faisant exploser ma lèvre sous la violence du choc. Je recule d'un pas sous la force de l'attaque imprévue et me retrouve, la seconde suivante, les fesses au sol.

— Putain, mais tu es dingue, lâche Amanda en se précipitant dans ma direction.

Elle s'agenouille à mes côtés, ses mains encadrant ma nuque, son regard détaillant l'état de mes blessures.

— Tu es complètement cinglé, grogne-t-elle en passant son doigt sur ma lèvre, m'arrachant une grimace de douleur.

— Toi, tu restes en dehors de ça, la met en garde Josh, les yeux teintés de fureur. Ce ne sont pas tes affaires.

— Si ça concerne Will, alors…

—… alors rien du tout, la coupe-t-il, menaçant, un doigt pointé sur elle. Tu la fermes, c'est clair.

J'ouvre la bouche pour l'envoyer se faire voir ailleurs et prendre la défense d'Amanda, mais je n'ai pas le temps de dire un seul mot. Ses yeux noircis par la colère croisent à nouveau les miens alors qu'il lâche un avertissement.

— Quant à toi, Will, tu ne t'approches plus d'elle. Est-ce que c'est clair ?

— Fous-moi la paix, Josh, je fais ce que je veux avec Amanda, répliqué-je avec hargne.

— Je m'en tape de ta pute, riposte Josh, exaspéré. Je ne te parle pas d'elle, mais de…

—… La pute, elle t'emmerde, connard, rugit Amanda, en se levant d'un bond.

Je me redresse sur mes deux jambes et m'interpose, pressé de me débarrasser de mon frère.

— Bon sang, qu'est-ce que tu veux à la fin ? craché-je à bout de patience.

— Je t'interdis de t'approcher de Mia, tu m'entends, m'explique-t-il enfin, le doigt pressé contre mon torse. Tu ne lui adresses pas la parole, tu l'ignores, tu restes à l'écart. Ce ne devrait pas être difficile, tu as réussi à le faire pendant des années.

— Lâche-moi, Josh, riposté-je en délogeant son doigt. Ce n'est pas parce que tu es plus vieux, que tu as le droit de me dicter ma conduite.

— Je m'en fous, je le prends quand même. Tu restes loin d'elle, ou le coup de poing de tout à l'heure ne sera qu'un avant-goût de la suite, me menace-t-il avant de me tourner le dos, commençant à partir.

— Toi qui sautes sur tout ce qui bouge, depuis quand tu es devenu le défenseur de la gent féminine ? ne puis-je m'empêcher de lui balancer, un brin moqueur. Sans prévenir, il revient sur ses pas et m'agrippe par le col de mon tee-shirt.

— Ne joue pas au con, Will. Ce n'est vraiment pas le moment de tester mes limites, frère ou pas frère. Ton comportement et le mien n'ont rien à voir.

— C'est vrai, moi, je ne jette pas les femmes comme des Kleenex usagés après seulement une nuit, répliqué-je, amusé, le poussant à bout.

— Et toi, tu es pire, parce que tu leur donnes de l'espoir. Tu leur fais miroiter un avenir qui n'aura jamais lieu. Tu joues avec elles comme des marionnettes jusqu'à leur casser les fils.

Ses mains desserrent leur emprise et me lâchent.

— Tu es comme elle, grogne-t-il en désignant Amanda du menton, alors que celle-ci se poste dans mon dos et pose une main sur ma nuque.

Josh nous jette un dernier regard dégouté avant de remonter le couloir en direction des escaliers.

— Tu peux penser ce que tu veux, Josh, mais je n'ai rien fait à Mia.

— Si ça t'aide à avoir la conscience tranquille, alors continue de te mentir, lance-t-il par-dessus son épaule sans même s'arrêter.

20 décembre 2015, 19 h 07

Josh m'a mis en garde, ce jour-là, mais je ne l'ai pas écouté. L'aurais-je fait s'il m'avait raconté votre discussion, s'il m'avait dit qu'il t'avait retrouvée complètement anéantie, le cœur brisé, un morceau de verre entre les mains ? Si j'avais su que tu avais, l'espace d'une seconde, envisagé d'en finir avec la vie.

J'ai tendance à me dire que « oui », que je me serais tenu éloigné, que je n'aurais pas pris le risque de te faire souffrir davantage. Que j'aurais eu peur de te faire atteindre le point de non-retour. Que l'idée de vivre avec ta mort sur la conscience m'aurait empêché de m'approcher.

Seulement, en vérité, je crois que « non », parce que même si je l'avais su, j'aurais continué de penser en priorité à ma propre personne.

À l'époque, les sentiments des autres ne devaient avoir aucun impact sur ma vie et ne devaient surtout pas m'empêcher de faire ce dont j'avais envie.

Parce qu'il n'y avait aucune raison que ton cœur reste intact alors que le mien ne l'était plus.

Parce que je m'en fichais de faire souffrir les autres, du moment que leur douleur pouvait nourrir mon existence et m'aider à tenir debout.

Parce que c'est comme ça que fonctionnait Amanda, et que j'avais compris que pour la garder à mes côtés, je devais agir comme elle.

Tu m'as donné une partie de ton cœur et de ton âme.

Will

Quand tu m'as offert une nouvelle chance, on a fait comme si ça n'avait jamais existé. Comme si mon comportement ne t'avait pas amenée au bord du précipice. On a juste décidé de recommencer tout à zéro, sans se perdre dans un passé douloureux.

Peut-être est-ce pour ça que tu te retrouves aujourd'hui sur ce lit d'hôpital ? Peut-être est-ce pour ça que cette voiture a foncé sur toi ?

La vie m'a donné une chance de m'expliquer, de t'offrir la vérité. Je ne l'ai pas saisie, préférant opter pour la technique de l'autruche. Comme si nous n'avions pas de passé commun. Et aujourd'hui, la vie juge le droit de me prendre mon bonheur, de te reprendre. Une manière de me punir. Une sorte de justice vicieuse.

Josh et Sarah ne cessent de me dire que j'ai tort, que de toute façon, tu connaissais mon histoire, que tu savais déjà tout.

Peut-être que c'est idiot, mais je n'arrête pas de

croire que d'une façon ou d'une autre, tout ce qui t'arrive est ma faute.

21 juin 2013

Yohann a finalement choisi d'apparaître pour tenir son rôle de chaperon, ce qui signifie que je n'ai plus besoin de le remplacer. J'en profite pour glisser ma main dans celle d'Amanda et la tirer hors du gymnase à toute vitesse. Mon travail est terminé pour aujourd'hui et j'ai hâte de me retrouver en tête à tête avec ma petite amie. Josh ayant décidé d'offrir un week-end en amoureux à Justine, je peux aisément squatter son appartement et surtout sa deuxième chambre. Même si nos relations ne sont plus vraiment les mêmes en ce moment, il n'a pas récupéré le double de ses clés en ma possession. Alors, autant en profiter. Je me penche vers Amanda, essayant de lui voler un baiser, mais elle me repousse, affichant une mine boudeuse.

— Qu'est-ce qui te prend ?

— Rien, chuchote-t-elle en se dérobant à ma prise sur ses doigts.

Ses mots veulent peut-être dire quelque chose, mais son comportement signifie l'inverse.

— Je te connais assez pour savoir que tu mens.

Je lui agrippe le bras alors qu'elle se détourne et l'oblige à me faire face à nouveau.

— Crache le morceau, Mandy.

Elle me fixe, les bras croisés sur sa poitrine, son pied jouant avec les gravillons.

— Tu as eu l'air de drôlement apprécier de danser avec ta petite Emilia, siffle-t-elle, hostile, au bout d'un moment.

— Une seconde ! Tu ne serais pas un peu jalouse, par hasard ?

— Je ne suis pas jalouse, réfute-t-elle, le regard noir.

C'est tellement évident quand on la voit en cet instant. Je pourrais appuyer encore un peu pour l'obliger à se dévoiler, mais ça n'arrivera jamais. Je la connais. Elle préfèrera prendre la fuite, m'abandonner, plutôt que d'admettre cet état de fait. Et je n'ai pas envie de la perdre à nouveau. Surtout pas pour une dispute inutile.

Je pose mes mains sur sa taille et rapproche nos corps, jusqu'à ce qu'on soit collé l'un contre l'autre.

— Tu n'étais pas là, mais…, murmuré-je à son oreille.

— Ta sœur m'avait coincée près du buffet, me coupe-t-elle, agacée.

—… je n'ai pensé qu'à toi, continué-je, sans tenir compte de son interruption, le visage niché dans le creux de son cou.

Je la sens sourire alors que ses mains remontent le long de mes bras pour venir se perdre sur ma nuque.

— Et puis, ne mens pas. Je sais qu'au fond le spectacle t'a plu.

Mes lèvres effleurent sa peau nue, lui provoquant un frisson incontrôlé. S'il y a une chose que Mandy ne sait pas faire, c'est taire les réactions de son corps. Elle est capable, la plupart du temps, de cacher ses sentiments, mais dès que ma bouche rencontre la sienne ou que mes doigts frôlent son épiderme, elle est perdue.

— On se calme, monsieur, il y a des regards indiscrets.

Elle se dégage de mon étreinte en se tortillant, avant de retourner en direction de la salle de bal presque en courant, ne me laissant pas le temps de réagir.

— Attends-moi là, j'en ai pour une minute, me crie-t-elle en se retournant au moment de passer la porte. Je vais juste me refaire une beauté.

Je lâche son prénom dans une longue plainte, non content d'être abandonné ainsi. Elle n'en tient pas compte et me fait un clin d'œil en disparaissant. Une fois la porte refermée, la musique s'éteint à nouveau, me laissant seul.

Je ne vais pas rester là, debout, comme un con à l'attendre, pensé-je en apercevant le banc éclairé par la lueur de la lune.

La minute risque de se transformer en plusieurs, alors, autant m'asseoir. Seulement, je n'ai pas le temps d'exécuter mon plan.

Le silence est subitement rompu par le bruissement des feuilles dans les arbres sous l'effet d'un tourbillon de vent mêlé à des bruits de talons qui claquent sur le sol.

Curieux, j'avance dans cette direction et percute de plein fouet quelqu'un à l'angle du gymnase. Par réflexe, je retiens la personne pour qu'elle ne tombe pas, mais elle se dégage si violemment, qu'elle chute en arrière.

Mia.

Je la reconnais sans la moindre hésitation, et ce même si son visage est caché par une longue masse de cheveux longs.

De par son attitude, déjà. Elle est l'une des seules à m'en vouloir suffisamment pour me repousser de la sorte.

De par sa tenue, ensuite. Que j'ai eu l'occasion d'admirer de près ce soir.

De par tout le reste. Parce que Mia est Mia et qu'elle est reconnaissable entre tous.

Elle finit par repousser les mèches qui la gênent et par lever son regard.

Elle a l'air dévastée. Ma bouche refuse de s'ouvrir pour parler. Je me contente de garder les yeux fixés sur elle, interloqué par les larmes qui ruissellent le long de ses joues. Une multitude de questions emplissent ma tête. « Que fait-elle là ? » « Où est ma sœur ? Son cavalier ? » « Pourquoi est-ce qu'elle pleure ? » « Pourquoi s'est-elle enfuie si vite tout à l'heure ? », même si la réponse à cette dernière question est plutôt évidente.

Je secoue la tête pour les chasser de mon esprit.

Et puis, quoi ?

Qu'est-ce que ça peut me faire ?

Je me contente de lui tendre la main pour l'aider à se relever, mais elle la repousse d'un mouvement brusque et se remet seule sur ses pieds.

— Ne me touche pas, articule-t-elle d'une voix forte, les bras croisés autour de son ventre.

Fragile. C'est le mot qui me vient immédiatement à l'esprit. Démunie. Brisée. Triste.

Soudainement, Mia m'apparaît différente, et cette image percute avec force mes barrières.

— Tout est ta faute, m'accuse-t-elle, plus fortement, même si elle n'ose toujours pas me regarder, recroquevillée sur elle-même.

La douleur qui transperce dans sa voix, je ne l'ai jamais entendue. Quand elle parle de l'absence de son père ou de la démission de sa mère, c'est autre chose, comme du regret. À cet instant, elle donne l'impression d'extérioriser une souffrance hors norme.

— J'ai essayé, murmure-t-elle, broyée, des sanglots dans la voix. J'ai essayé, mais il n'était pas toi.

Son prénom passe la barrière de mes lèvres dans un soupir, mais elle ne l'entend pas et continue sur sa lancée.

— Tu es constamment présent là et là, déplore-t-elle en montrant son cœur et sa tête avec sa main. Pourquoi ? Pourquoi tu ne me laisses pas tranquille ? Pourquoi ton visage reste imprégné dans mon esprit ?

Elle relève enfin le visage tordu par la tristesse.

— J'ai dit non, tu comprends, hurle-t-elle en me regardant droit dans les yeux. Je n'ai pas été capable de lui rendre ses sentiments.

Les bras ballants, je demeure là, sans amorcer le moindre mouvement, ne sachant absolument pas comment me comporter.

— Je n'en peux plus, William.

L'utilisation de mon prénom en entier me fait un choc. Jamais encore elle ne l'avait fait. Même pas à notre première rencontre. Ce constat me frappe et m'atteint sans réellement en comprendre la raison.

— Je n'en peux plus d'être amoureuse de toi, lâche-t-elle, épuisée. C'est trop dur à supporter. J'ai besoin de ressentir autre chose, de ne plus être paralysée par ce sentiment.

Elle recule sans détourner les yeux.

— J'abandonne.

Elle me tourne le dos et commence à courir dans la nuit. Ce n'est que lorsqu'elle a disparu que mon esprit assimile sa dernière phrase.

20 décembre 2015, 19 h 14

Quand Amanda est revenue, elle m'a trouvé immobile, l'air perdu, au milieu de la cour. Je l'ai laissée là, sans un mot, rejoignant ma chambre. Je n'avais plus la tête à faire la fête, à profiter de ma soirée comme prévu.

Elle n'a pas compris et m'en a voulu pendant des jours. Seulement, j'avais besoin de réfléchir, d'être seul. Je n'en ai pas dormi de la nuit, et je n'en ai pas compris la raison. Après tout, qu'est-ce que ça pouvait me faire ? J'aurais même dû m'en réjouir. Mia avait enfin compris, enfin réalisé que ce « nous » qu'elle voulait était impossible. J'avais réussi à la faire fuir.

Je fouille dans ma poche et en sors l'écrin qui y réside depuis plusieurs jours.

— Tu m'as fait tes adieux, ce soir-là, partant définitivement rejoindre les bancs d'Harvard quelques semaines plus tard. En me jetant tes sentiments à la figure, tu m'as donné une partie de ton cœur et de ton âme. Et ton absence qui n'aurait pas dû m'atteindre a commencé à peser de tout son poids.

Ne m'abandonne pas

Will

20 décembre 2015, 19 h 16

— J'ai pourtant continué de faire comme si de rien n'était, tentant de reconstruire quelque chose avec Amanda. Je l'avais aimée avec tellement de force que j'étais prêt à tout accepter d'elle, juste pour qu'elle me rende mon affection.

Josh dit toujours que je suis long à la détente. Il a raison. J'ai mis du temps à comprendre que mes sentiments pour Amanda n'étaient plus les mêmes. Qu'au final, mon avenir n'était pas avec elle.

Il m'a fallu des mois pour retrouver celui que j'étais réellement, pour redevenir le « Will » qui s'était tapi au fond de mon âme petit à petit.

Il m'a fallu des mois pour réaliser que j'étais tombé amoureux sans le vouloir de la meilleure amie de ma sœur et que j'étais prêt à mettre ma vie entre ses mains.

15 octobre 2013

— Will, hurle Josh dans mes oreilles,

causant à coup sûr une dégradation partielle de mon audition.

Sous le coup de la surprise, ma tête rencontre la porte du placard, un peu trop brutalement à mon goût. Occupé à fouiller dans les placards à la recherche de quelque chose de mangeable et qui ne soit ni des biscuits apéritifs ni des bonbons, je ne l'ai pas entendu arriver.

— Putain, tu fais chier, grogné-je, en grimaçant sous la douleur fulgurante.

Mes doigts se posent sur mon front où une bosse ne tardera pas à apparaître.

— Pauvre petit bébé, se moque-t-il en étirant son bras par-dessus mon épaule pour attraper un paquet presque vide. C'est juste un petit coup, rien de bien méchant.

— Tu veux peut-être qu'on échange nos rôles pour voir, grommelé-je, en me décalant pour lui céder ma place. Je me ferai un plaisir de tester sur toi.

— Et risquer d'abîmer mon magnifique visage, même pas en rêve. Avec mon corps à se damner, c'est mon atout fort pour séduire les belles demoiselles, se complimente-t-il avant de croquer dans un gâteau.

Je lui arrache le sachet des mains et m'installe sur une des chaises hautes du bar.

— Hé, rends-moi ça !

— Non, répliqué-je en mettant le paquet hors de sa portée.

— Will, siffle-t-il d'un ton menaçant.

— Tu n'as qu'à venir le chercher, le mets-je au défi, la tête haute.

— Qu'est-ce que vous faites, tous les deux ?

Je tourne la tête en direction de la chambre de mon frère et découvre Justine, appuyée contre le chambranle, vêtue d'une chemise et d'un pantalon qui n'est pas à elle. Josh profite de cette seconde d'inattention pour me voler le sachet et le brandir en lançant un « Gagné ».

— Gagné quoi ? Quelques kilos supplémentaires ?

Je donne un léger coup de poing au niveau de son ventre.

— Fais gaffe, frangin, ça commence à être flasque dans le coin, le taquiné-je pour me venger. La jolie demoiselle risque de fuir, continué-je, en lançant un clin d'œil à Justine.

— Tu es juste jaloux, riposte-t-il en me repoussant. Et puis, tu apprendras que Ju a avant tout craqué sur mon sens de l'humour.

— Sans oublier ses formidables performances sexuelles, ajoute-t-elle en s'approchant de nous.

— Tu vois, je n'ai rien à craindre, elle ne partira jamais.

— C'est pas une raison pour se relâcher, l'achève-t-elle en lui piquant le paquet.

Elle ne laisse pas à Josh le temps de réagir, s'accroche à lui pour qu'il penche la tête, lui quémandant un baiser qu'il accepte de lui donner sans tarder.

Une fois détachée de lui, elle s'éloigne vers la chambre en mangeant, non sans lancer un regard pour le moins suggestif à Josh avant de disparaître derrière la porte. Il ne faut pas être un génie pour deviner la suite des évènements.

— Si tu ne veux pas finir avec mon poing dans la figure, je te conseille d'arrêter de regarder ma femme comme ça.

Je n'avais pas réalisé que j'avais gardé les yeux fixés sur elle pendant tout l'échange.

— Ta femme ? Et je n'ai même pas été invité au mariage. Tu abuses !

— Cesse de faire l'idiot, tu sais très bien ce que je veux dire.

Josh attrape deux verres dans le placard, les pose sur la table et les remplit de soda avant de prendre un sachet de pop-corn et de le passer au micro-ondes.

— Alors ? Tu vas me dire pourquoi tu reluquais Ju ?

— Je ne la reluquais pas, me justifié-je, alors qu'il me lance un regard qui signifie « à d'autres ». Ou pas comme tu le crois. En fait, c'est de vous deux qu'il s'agit.

— Encore mieux ! s'exclame Josh. Tu sais le voyeurisme ou les plans à plusieurs, c'est pas notre délire.

— Comme si j'avais envie de voir mon frère s'envoyer en l'air, le contredis-je avec une grimace de dégoût.

— Alors, quoi ? me demande-t-il en récupérant un plateau au-dessus du frigo pour déposer les verres et le saladier rempli de pop-corn dessus.

— Je suis heureux pour vous deux, c'est tout.

Josh me fixe un instant avant d'afficher un sourire étrangement satisfait.

— Enfin ! J'avais fini par abandonner tout espoir.

— Qu'est-ce que tu sous-entends par-là ?

— Rien. Rien du tout.

Ses mains se referment sur le plateau et il m'abandonne, là, sans en dire plus.

— Josh ?

— On m'attend, Will, mais surtout continue de réfléchir.

— Réfléchir à quoi ? Sois plus clair !

— Ce ne serait pas drôle, voyons, ricane-t-il, en passant la porte de sa chambre.

Je reste là, préférant ne pas retourner dans la mienne, et sortir une cigarette de ma poche. N'ayant pas signé pour une nouvelle année au pensionnat, Josh a accepté de m'accueillir à quelques conditions : l'aider à payer les factures, ne pas faire de soirées sans l'avertir et ne pas faire venir Amanda.

Ce dernier point a été source de nombreuses batailles au fil des mois. Et j'ai fini par obtenir gain de cause quelques semaines plus tôt. Pourtant, cette victoire s'est révélée acide. Amanda était déjà venue pendant les absences de Josh, mais voir mon frère se résigner à l'accueillir, la voir envahir cet espace comme s'il était à elle, m'a donné un goût amer.

J'allume ma cigarette et en tire une bouffée. Le visage d'Emilia s'impose à mon esprit. Ses longs cheveux bruns, ses grands yeux innocents et sa bouche si attirante. Ce n'est pas la première fois que cette image me hante. Elle m'obsède depuis un moment.

J'entends le bruit d'une porte qui s'ouvre et le bruissement de pas sur le sol. Même sans regarder, ce n'est pas difficile de savoir qu'il s'agit d'Amanda. Ses bras encerclent ma taille alors qu'elle dépose un baiser sur ma nuque. Je ne réagis pas, continuant de porter la nicotine à mes lèvres encore et encore.

« Continue de réfléchir », répète la voix de Josh dans ma tête.

Amanda n'abandonne pas pour autant. Elle se glisse entre mon torse et le bar, s'installant sur mes genoux. Je la laisse faire alors que ses mèches noires viennent me chatouiller pendant que ses lèvres se perdent juste en dessous de mon oreille, m'arrachant un frisson.

Elle veut se prouver qu'elle me tient dans le creux de sa main.

« Continue de réfléchir ».

Je sens Amanda sourire contre la peau de mon cou, persuadée d'avoir gagné. Ce n'est pas une démonstration de tendresse, mais de puissance.

Elle veut se prouver qu'elle me tient dans le creux de sa main.

Ce qui n'est plus le cas.

Et là, tout devient clair. Je ne suis pas seulement heureux pour mon frère et Justine. Je suis jaloux d'eux, jaloux de leur relation, jaloux des sentiments qu'ils ont l'un pour l'autre.

Je repousse brutalement Amanda, lui arrachant un cri de douleur quand son dos rencontre avec force le meuble, et la remets debout avant de me lever.

Les visages de Josh et Sarah se superposent à celui de Mia. Quand Amanda est revenue dans ma vie, je me suis laissé aveugler, retombant la tête la première dans une ancienne dépendance comme un drogué, persuadé d'en avoir besoin, de le vouloir.

Quel con ! J'ai perdu Sarah, j'ai failli perdre Josh et surtout, j'ai fait souffrir Emilia.

— Tu penses encore à elle, c'est ça ? m'accuse-t-elle en me fusillant du regard.

Je ne réponds pas, me contentant d'écraser ma cigarette et d'aller jusqu'au salon. Ma veste traîne sur le dossier du canapé. Je l'attrape et l'enfile avec l'idée de fuir l'appartement. C'est peut-être lâche, mais à cet instant, je dois m'éloigner d'elle, de son poison.

— Alors, quoi ? Tu vas aller la retrouver, la supplier de te laisser une chance ?

Elle m'agrippe par le bras et m'oblige à lui faire face.

— Et après ? Tu crois qu'elle va te sauter dessus, dire « oui » à tous tes désirs ? Et plus tard, vous aurez une belle maison avec un chien et des enfants qui courent dans le jardin.

Je me dégage de son emprise, tentant de ne pas faire attention à ses mots. Elle essaie de me faire douter de mes choix, mais elle n'arrivera pas à me faire changer d'avis. Qu'Emilia accepte ou non, l'important est, avant tout, de m'excuser auprès d'elle.

— Toi et moi, on est identique, Will, continue-t-elle en baissant d'un ton, un sourire mauvais sur les lèvres. Ces choses-là sont pour les gens comme Josh, Sarah ou même ta petite Emilia, mais pas pour nous.

— Nous ne sommes pas pareils, Amanda, répliqué-je, incrédule. Tu ne l'as toujours pas compris.

Elle recule, étonnée de me voir lui tenir tête.

— Je ne t'ai jamais détestée, j'étais amoureux de toi. J'ai été capable d'aimer quelqu'un et de l'assumer. Toi, tu détruis les gens pour te sentir plus forte, plus vivante. Tu es la perdante dans l'histoire, car tu seras toujours seule.

Amanda ouvre et referme les poings, le visage crispé, avant de se précipiter sur moi. Je m'empare de ses poignets avant qu'elle ne me frappe au torse.

— Les sentiments sont pour les faibles, Will, et je ne le suis pas, me crache-t-elle au visage.

— Bien sûr que si, tu l'es, Mandy, la contredis-je, d'un ton grave. Tu es faible parce que tu as eu besoin de me détruire, de me piétiner pour te sentir forte, supérieure. Et tu ne supportes pas ça.

Je la repousse avant d'ouvrir la porte d'entrée.

— Mais c'est fini, Mandy. Parce que moi, je n'ai plus besoin de toi.

Je quitte l'appartement sans même jeter un regard en arrière alors qu'elle hurle un « Will » désespéré. Sa souffrance ne me laisse pas de marbre, mais, cette fois-ci, ça ne suffit pas à me ramener en arrière. Pour la première fois depuis longtemps, je me sens libre.

20 décembre 2015, 19 h 19

— Et quand, enfin, j'ai eu le courage de venir te voir et de m'en remettre à toi, tu m'as accordé une nouvelle chance.

J'ouvre la boîte et observe la fine bague en or blanc surmontée d'un diamant bleu. Quelque chose de simple qui ressemble à Mia. Elle l'a contemplée pendant de longues minutes dans la vitrine d'une bijouterie, il y a à peu près deux mois, des étincelles dans les yeux. J'ai tout de suite su qu'elle avait eu le coup de foudre.

À l'inverse de ma sœur, Mia ne porte que peu de bijoux, et n'est pas du genre à craquer toutes les cinq minutes. Le lendemain, je suis retourné là-bas pour l'acheter avec l'idée d'en faire une bague de fiançailles.

— Alors, recommence, Mia. Donne-moi encore une nouvelle chance. Reste avec moi, la supplié-je, en glissant la bague à son annulaire gauche avant de la prendre dans mes bras et de poser ma main au niveau de sa poitrine. Sous mes doigts, les battements de son cœur s'accélèrent alors que le moniteur cardiaque s'affole.

Surpris, je me redresse brutalement. La porte s'ouvre à la volée et une équipe médicale entre avec précipitation. Sans ménagement, des bras me tirent en arrière et tentent de me faire sortir de la pièce alors que la cacophonie règne.

— Bats-toi, Mia, hurlé-je, désemparé. N'abandonne pas.

Ne m'abandonne pas, la conjuré-je en silence, alors que la porte se referme, me laissant seul dans le couloir.

Une seule âme, un seul cœur, une seule vie.

Will

20 décembre 2015, 19h20

Harvard Square. Je reconnais tout de suite l'endroit, même si, étrangement, cette place située au centre de Cambridge, à l'intersection de l'université et du quartier d'affaires, est vide. Ce qui n'est pas normal. Je l'ai toujours connu fourmillant de vie, entre les étudiants qui déambulent et les salariés qui se restaurent. Le silence a quelque chose d'inquiétant, de morbide. Un sentiment qui s'efface sous le léger bruissement de semelles sur le béton. Je la reconnais avant même de l'apercevoir. La seule odeur qui chatouille mes narines est la sienne. Un mélange exotique et fruité. Le parfum de sa peau. Ma nouvelle drogue.

Elle apparaît soudainement, sortant d'un petit café qui a une histoire, qui fait partie de notre histoire. Vêtue d'une robe légère, ses cheveux tressés comme ce jour précis où nous nous sommes revus pour la première fois après son départ, elle me fixe, un sourire amoureux sur ses lèvres.

Les battements de mon cœur s'accélèrent en la voyant si heureuse, et surtout en vie.

Sans perdre une seconde supplémentaire, Mia comble la distance entre nous en courant, mon prénom résonnant dans l'air, et se jette dans mes bras. Par réflexe, les miens s'enroulent autour d'elle et la serrent avec force. Je plonge mon visage dans son cou, retrouvant des sensations bien connues, et mon cœur recommence à battre normalement.

— J'ai cru te perdre, murmuré-je contre sa peau. J'ai cru ne jamais plus pouvoir te serrer dans mes bras.

— Je suis là, chuchote-t-elle, ses doigts frôlant ma nuque, avant de s'éloigner, non sans se perdre dans mon regard.

C'est tellement agréable de l'entendre parler, de pouvoir plonger dans ses yeux ouverts, d'être aimé, de pouvoir l'aimer.

— Tu te souviens de ce jour-là ? lance-t-elle en se détournant, pour s'installer sur un banc que je n'avais pas remarqué jusque-là.

Même sans précision, je sais exactement à quel jour elle fait référence.

— Je ne pourrai jamais l'oublier.

20 novembre 2013

Sarah a envoyé un message à Mia, lui annonçant qu'elle venait lui rendre visite sur le campus d'Harvard. Ce qui n'était pas tout à fait exact. Quelqu'un avait bien prévu de venir la voir, mais ce n'était pas ma sœur. Seulement, on sait tous qu'elle aurait refusé le rendez-vous si elle avait su la réalité. Je regarde une nouvelle fois ma montre. Cinq minutes. Elle a cinq minutes de retard. Dois-je en conclure qu'elle ne viendra pas ? Que Sarah n'a finalement pas tenu sa langue jusqu'au bout ?

Cela n'a pas été facile de la convaincre de m'aider. Il faut dire que, contrairement à Josh qui a fini par me reparler, après un autre coup de poing mérité à la suite des évènements du bal de promotion, ma sœur, elle, a définitivement tiré un trait sur notre fraternité. Elle m'a clairement fait comprendre que son amitié envers Mia était prioritaire aux liens du sang, que sa famille était avant tout celle qu'elle avait décidé de choisir. Mon comportement a déchiré notre tribu, jusqu'alors si soudé, alors je ne peux pas réellement lui en vouloir de m'avoir insulté de tous les noms avant de m'envoyer tout aussi poliment aller voir ailleurs. Il a fallu l'intervention de Josh et celle de Justine pour lui prouver la sincérité de ma demande.

Le café est blindé d'étudiants. Certains discutent entre eux tout en buvant un café, d'autres sont plongés dans leurs notes, ne profitant même pas d'une seconde de répit. J'imagine parfaitement Mia suivre leur exemple, ses longs cheveux tombant devant son visage alors que penchée sur ses cours, elle tente de mémoriser ses cours de droit, tout en laissant sa tasse refroidir. Sarah m'a avoué qu'elle avait du mal à suivre, qu'elle devait bosser deux fois plus que les autres parce qu'en plus, elle n'aimait pas vraiment ça.

— William.

Je détourne le regard et tombe sur celui de Mia, qui me fixe, incrédule, droite comme un i. Elle est à peine entrée dans l'établissement, et bloque le passage aux nouveaux venus. Ceux-ci l'incitent à s'avancer, grommelant contre elle. Comme prise en faute, et ne pouvant fuir, elle s'exécute, tête baissée avant de prendre place sur la chaise en face de la mienne.

— Qu'est-ce que tu fais là ?

Sa question est légitime et même logique, pourtant, la réponse reste coincée dans ma gorge. Ce n'est pas comme si je n'avais pas imaginé des dizaines de fois nos retrouvailles depuis ma décision. Je l'ai vécu à travers mes pensées à de nombreuses reprises.

Je reste muet parce que, d'un seul coup, les mots me semblent fades, légers, impersonnels. J'ai l'impression qu'aucune parole, qu'aucune excuse ne pourrait réparer le tort et la souffrance que je lui ai causés.

Me serais-je senti mieux si Amanda avait eu la même démarche ? Si elle s'était juste excusée pour son comportement.

— Où est Sarah ? tente Mia, toujours sur la défensive. Cette question, au moins, elle est facile. Enfin, à peu près.

— Quelque part en cours, j'imagine.

— Alors, dans ce cas, je n'ai rien à faire ici, déclare-t-elle en se levant.

Je lui attrape le bras, l'obligeant à rester assise, à me faire face. Elle fixe ma main puis mon visage, et à nouveau mes doigts qui enserrent son poignet. Ses yeux lancent des éclairs, et si elle pouvait me brûler d'un seul regard, je serais déjà en feu. Je la lâche, les mains en l'air, comme un drapeau blanc. Elle ne perd pas de temps et se redresse, prête à partir.

— Non, attends, s'il te plaît, Mia, la supplié-je avec empressement.

— Emilia, se contente-t-elle de répondre, non sans suspendre son geste.

Emilia. William. On n'a jamais été aussi éloigné l'un de l'autre. Et si je continue de me taire, ça ne s'arrangera pas. Quoi que je dise, c'est le moment.

— Je suis désolé, Emilia.

Ses yeux s'ouvrent en grand sous le coup de la surprise. Je suppose qu'elle n'aurait jamais cru m'entendre dire ces quelques mots, qu'elle n'osait plus l'espérer.

— Je sais que mes excuses ne pourront pas rien effacer, que ce ne sont pas quelques paroles qui pourront tout arranger, que…

Je vois qu'elle continue de me fixer sans réellement réagir. Qu'est-ce que je croyais, après tout ? Qu'il suffirait de me pointer la bouche en cœur pour qu'elle me dise qu'elle m'aime toujours.

C'est idiot !

Je me lève à mon tour et me penche par-dessus la table pour que mes lèvres viennent frôler son front, délicatement.

— Je suis désolé, chuchoté-je, en reculant. Pour tout. Et si je pouvais revenir en arrière…

… je ne commettrais pas les mêmes erreurs, terminé-je en pensée.

Du bout des doigts, je glisse une dernière fois une mèche de ses cheveux derrière son oreille, avant de me détourner, prêt à partir. Seulement, cette fois-ci, c'est elle qui me retient.

— Reste.

Reste. Cinq petites lettres. Un seul mot. Et pourtant, cela a suffi à me faire sentir vivant. Ce n'est pas un « je t'aime », et pourtant, cela y ressemble tellement. Ce n'est que deux syllabes, et pourtant, grâce à elle, j'obtiens une seconde chance.

20 décembre 2014, 19h25

— Je n'ai jamais regretté ma décision. Une seule âme, un seul cœur, une seule vie, récite-t-elle en caressant les lettres du tatouage tracé sur sa clavicule.

Trois petites phrases à peine cicatrisées qu'elle a décidé de graver à vie dans sa peau, il y a quelques semaines.

Trois petites phrases qu'elle a chuchotées à mon oreille en réponse à mon premier « je t'aime ».

— J'y ai toujours cru, tu sais, continue-t-elle en posant sa tête sur mon épaule. Je le pensais réellement.

— Où tu veux en venir, Mia ? lui demandé-je avec inquiétude.

— Ce ne sont que des mots, Will, rien que des mots.

Je ne comprends toujours pas, mais la résignation dans sa voix n'a rien pour me rassurer, au contraire, cela a le don de me faire peur. J'ai l'impression d'être en train de la perdre.

— Je t'aime, ne puis-je m'empêcher de dire, dans un espoir d'effacer tout le reste et de la retenir.

Mia se redresse et attrape mon visage en coupe entre ses mains.

— Moi aussi, Will, murmure-t-elle, le sourire chaleureux ourlant ses lèvres, perturbé par quelques gouttes d'eau salée. Pour toujours et à jamais. Mais il est temps de nous séparer.

Mon souffle se bloque dans ma poitrine sous le coup de ses paroles qui me frappent de plein fouet. J'attrape ses poignets et pose mon front contre le sien.

— Mon cœur a cessé de battre, Will, m'explique-t-elle, des sanglots dans la voix. Ma vie s'est arrêtée et mon âme doit aller rejoindre l'autre monde.

— Je ne te lâcherai pas, Mia, répliqué-je d'un ton sans appel. J'irai où tu iras.

— Tu ne peux pas, Will. Et crois-moi, j'aimerais tellement que ce soit possible.

Elle pose l'une de ses mains sur ma poitrine, et même par-dessus mon tee-shirt, il m'est possible d'en sentir la brûlure comme si nous étions peau contre peau.

— La musique de ton cœur résonne encore, et ton âme doit repartir auprès de ta famille.

— Je ne t'abandonne pas. Je te l'ai promis. Je ne t'abandonnerai plus jamais.

— Et ce n'est pas le cas. Même coincée entre deux mondes, j'ai toujours été avec toi. Même coincée dans un autre monde, je serai toujours avec toi. On est et on sera toujours ensemble.

Un « Mia » à peine audible meurt dans un souffle au moment où ses lèvres rencontrent les miennes avec douceur. Quelques secondes pour compenser la douleur de son départ, qui ne sont pas suffisantes. Même plusieurs années ne pourraient suffire à y faire face.

— Ferme les yeux, m'ordonne-t-elle avec délicatesse, une fois nos visages éloignés l'un de l'autre.

J'aimerais résister, lui dire « non », mais je ne peux pas. Mia le sait. Elle me connaît. Je ne peux lui refuser quoi que ce soit, alors j'obéis sans un mot.

Son image disparaît, remplacée par le noir complet, et la sensation de ses doigts s'efface. Seule son odeur perdure et me prouve qu'elle est encore à mes côtés.

D'une légère pression, elle dépose un baiser sur ma joue et laisse échapper un « je t'aime » juste avant que le vent se lève et que la Mort l'emporte avec elle.

Je n'ose pas ouvrir les yeux. Je ne veux pas ouvrir les yeux. Je ne veux pas que cet adieu s'ancre dans la réalité.

Mais, je n'ai pas le choix.

Et quand mes yeux finissent par s'ouvrir sur le monde des vivants, seule la main de Sarah est dans la mienne.

Jusqu'à mon dernier souffle etque le « à jamais » ne devienne

« pour l'éternité »

Will

4 juillet 2017

Posté aux côtés de Josh, au niveau de l'autel, je jette un coup d'œil à la ronde, dans l'attente de voir Justine apparaître. Le futur couple a décidé d'organiser la cérémonie en extérieur dans le jardin de la maison familiale. Les lieux ont été décorés et aménagés en conséquence. Un chapiteau a été monté pour accueillir le repas du soir, des chaises blanches ont été installées de part et d'autre de l'allée centrale, et des bouquets de fleurs ont été parsemés à droite et à gauche. Quelque chose de simple à leur image.

Une vingtaine d'invités chuchotent entre eux, sagement installés à leur place. Tout le monde s'est mélangé. Une volonté du couple. Il ne voulait pas qu'il y ait de séparation entre leurs proches respectifs. Une des cousines de Justine éclate de rire à une blague d'un collègue de Josh. Au premier rang, la mère de la future mariée raconte ses dernières vacances à la nôtre qui

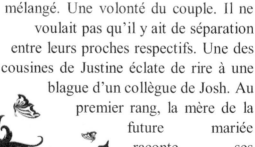

l'écoute avec attention. Emma exécute un tour de magie sous les yeux émerveillés du petit neveu de Justine. Elle doit sentir mon regard pesé sur elle, car elle se retourne, en me souriant. Mois après mois, elle est devenue un membre à part de notre famille, ma meilleure amie. Elle a été là pour me soutenir à chaque étape, étant la seule à réellement comprendre, à tout connaître de mon histoire. Celle qui m'a lié à sa sœur. Celle qui m'a lié à mon âme sœur.

Sans pouvoir m'en empêcher, mes yeux dérivent sur la chaise vide qui lui est destinée et sa silhouette fantomatique se dessine d'elle-même. Ses longs cheveux bruns, ses yeux rieurs, son sourire amoureux. Elle est telle que ce jour-là, telle que la dernière fois qu'elle m'a dit « à ce soir ».

19 décembre 2015, 11 h 01

Je devrais déjà être parti depuis une trentaine de minutes pour arriver à l'heure et prendre mon service au café, mais Mia refuse de me laisser finir de m'habiller. J'ai déjà dû batailler pour prendre ma douche. Accrochée à mon dos, le visage niché dans mon cou, elle dépose une multitude de baisers dans le creux de ma nuque et sur mon épaule, manière à elle de me convaincre de ne pas l'abandonner. Ses études et ses stages ne lui laissent que rarement des jours de repos et elle compte en profiter.

— Je vais m'ennuyer, moi, toute seule si tu ne restes pas, se plaint-elle.

Je tourne le visage et lui vole un baiser avant de la faire descendre de son perchoir. Elle me fixe avec sa moue boudeuse et son regard de chien battu. Elle est douée à ce petit jeu, mais elle ne m'aura pas, cette fois-ci.

— Désolé, mais je dois aller bosser si je ne veux pas me faire virer.

— Ton patron est ton frère, souligne-t-elle en s'approchant à nouveau pendant que j'enfile mon tee-shirt.

— Et c'est encore pire. Chacun de mes faits et gestes est ensuite répété à Justine, à Sarah, à notre mère.

Je me penche, mais au lieu de poser mes lèvres sur les siennes, mon doigt tapote son nez.

— Et même à toi, ajouté-je, sur le ton de la confidence.

Elle lâche un petit rire et se laisse tomber en arrière sur le lit. Elle sait qu'en réalité, malgré mes plaintes, j'aime travailler pour Josh.

— Peut-être qu'avec un mot d'excuse, il laissera couler.

Mon téléphone portable retentit à ce moment-là. Je l'attrape et découvre sans surprise le nom de mon frère.

— Quand on parle du loup, dis-je en montrant l'écran à Mia. Tu veux essayer de le convaincre.

Je décroche alors qu'elle grogne et s'enfonce dans les oreillers. C'était une bataille perdue d'avance, elle le savait.

— Oui, oui, j'arrive. Je suis déjà en route, réponds-je à Josh sans même l'écouter avant de raccrocher.

Je jette un dernier coup d'œil à ma petite amie et lâche un :

— Je t'aime.

Mia se contente de me sourire, le visage illuminé, ses yeux empreints de pure tendresse.

— Tu le sais, n'est-ce pas ?

— Je le sais.

Et même si je n'ai pas envie de partir, même si j'ai juste envie de m'allonger à nouveau à ses côtés et faire en sorte que le monde s'arrête de tourner pendant quelques heures, je finis par franchir la porte de la chambre.

Et en remontant le couloir, le cœur léger, mes pensées dérivent à la première fois où ses trois petits mots ont passé la barrière de mes lèvres. Je pensais qu'une fois avoués, ils rendraient les choses différentes, alors que non. Le dire n'avait pas changé mes sentiments. Le dire n'avait pas changé ceux de Mia. Cela ne faisait que rendre son sourire plus large et ses yeux plus pétillants.

— À ce soir, hurle-t-elle au moment où la porte d'entrée se referme dans mon dos.

4 juillet 2017

Quelques heures plus tard, un coup de téléphone m'a annoncé son accident, et ce « à ce soir », s'est transformé en « à jamais ».

Les premières notes de musique effacent mon souvenir en même temps que la silhouette de Mia. La fille d'Emma avance en jetant des pétales de roses à ses pieds, tandis que Justine remonte l'allée juste derrière elle au bras de son père.

Sarah, qui sert de témoin à notre future belle-sœur, trépigne d'impatience, en face de nous. On dirait qu'elle est encore plus excitée que les héros du jour. La sœur de Justine, elle, est plus mesurée, même si elle n'en reste pas moins heureuse de voir son amie de toujours s'avancer vers nous dans sa robe blanche.

Josh regarde la scène, des étoiles plein les yeux. Ma main se pose sur son épaule et la serre brièvement, dans un geste fraternel alors que mon regard revient à la chaise vide. C'est peut-être étrange pour les autres, mais pour nous, c'est normal. Parce qu'elle fait toujours partie de nous, parce qu'elle appartient toujours à cette famille. Ce n'est pas une chaise pour une morte, c'est une chaise pour un souvenir.

Car même si son cœur s'est arrêté, que son âme s'est envolée, et que ma vie doit continuer, elle n'a pas disparu. Elle est toujours là, dans mes pensées. Elle le sera toujours. Jusqu'à mon dernier souffle et que le « à jamais » ne devienne « pour l'éternité ».

VENEZ DÉCOUVRIR MES AUTRES HISTOIRES.

Après un tragique accident de voiture, Chloé perd tous les souvenirs de sa vie passée et est obligée de retourner dans son village natal. À l'approche des fêtes de noël, la jeune femme est plus perdue que jamais. C'est sans compter sur sa sœur qui a décidé de lui redonner le sourire, à l'aide d'un calendrier de l'avent un peu particulier…

Au cours de l'une de ses missions, Chloé tombe nez à nez avec Thomas, son charmant voisin, et accessoirement son ex-petit ami, un homme incroyablement chaleureux… sauf envers elle. Mais qu'a-t-elle fait pour qu'il soit si froid et si distant ?

24 jours seront-ils suffisants pour réconcilier passé et présent afin de leur offrir un futur à deux ?

MARLOW JONES

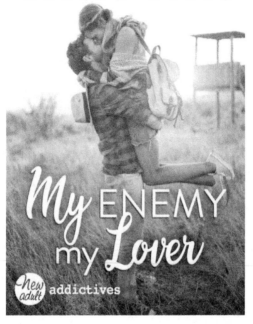

My ENEMY my *Lover*

new adult **addictives**

Jusqu'ici, elle n'avait rien vécu. Il va tout lui faire découvrir.

À la mort de sa meilleure amie, Evie hérite de sa bucket list, un document dans lequel Thalia a consigné plusieurs de ses envies futures. Pour lui rendre hommage, Evie décide de réaliser les souhaits que Thalia n'aura pas l'occasion de concrétiser. Fidèle à ses habitudes, Evie a tout planifié dans les moindres détails… sauf lui. Kaï s'invite dans son road trip et chamboule tout sur son passage. Y compris les sentiments d'Evie à l'égard de celui qui a été son meilleur ami. Evie a l'habitude de tout prévoir, mais s'il y a bien une chose qui ne s'organise pas, ce sont les moments intenses que Kaï est bien décidé à lui faire vivre !

JULIE-ANNE BASTARD ET OPHÉLIE LEROUX

ÉPOUSE-MOI
si tu peux

Ça y est, la deuxième saison de The Prince est lancée. Après tant d'impatience, la villa ouvre à nouveau ses portes, et quatorze candidates ont été réunies pour conquérir le cœur d'un riche célibataire. Pour Alec, héritier d'une entreprise florissante, cette émission représente son dernier espoir de trouver une épouse à la hauteur des attentes de son père et d'ainsi éviter un mariage de convenance. Dès la première soirée, son intérêt se retrouve éveillé par la seule femme qui ne semble pas attendre le prince charmant. Ça aurait pu être le début d'un beau conte de fées, si Azalée n'était pas en réalité une stagiaire envoyée par un magazine people, qui se fait passer pour la prétendante idéale afin de débusquer les petits secrets de tout le monde. À commencer par ceux d'Alec…

Printed in Great Britain
by Amazon

31396351R00155